潮起潮落

Marée basse marée haute

彭大歷斯　著

許薰月　謝朝唐　葉偉忠　譯

無境文化
EDITIONS UTOPIE 【風格】翻譯文學叢書 01

獻給　布麗姬

「我痛恨分離，但又有誰喜歡？」

—— 米榭‧葛里賓斯基

《不完美的分離》

目 錄

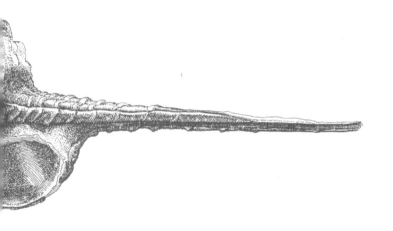

文學若比鄰

文學，作為鄰居，是眾多領域的鄰域，不僅止於哲學、歷史、或藝術。

佛洛伊德於一九三二年，在《精神分析新論》的結尾說道：「如果你們想知道更多的女性特質，就向詩人請教。」顯然，相較於分析，詩歌才是女性、才是人性的鄰居……

鄰人，就一定了解你嗎？

一牆之隔、一水之隔，或許是個得天獨厚的位置。即便老死不相往來，但雞犬相聞的距離，可以聽見你活動、你作息、你意識與無意識的聲音。

文學巨著《人間喜劇》的作者巴爾札克說，小城裡，沒有一戶人家的企圖或算計，是可以掩藏的。在有限、無可伸展的空間裡，時間，都被用來分析別人、揣摩他者。

所幸，反過來，我們擁有某一種選擇鄰居的自由。眼睛看得見的地方，耳朵聽得見的地方，心意飄得到的地方，都可以有鄰居。遠至地平線上的動靜，蒼穹頂端的日昇月落，縱使中間橫阻著永難跨越的距離。

　　浪漫文學中，被囚禁的人，常把鐵窗外的小花、玻璃上的夜蛾、舊夢裡的回憶，當作生活所依憑、倚恃的鄰居。無形的圍牆，讓我們更迫切需求不定形的鄰伴。

　　而翻譯，也是化遙遠為鄰近的嘗試，跨出由陌生到熟稔的第一步。

　　我們希望，在翻譯文學叢書之後，能繼續就文學的立場、本質、與特性，邀聚更多的「鄰人」來共同創作。

　　在〈無境〉的場域裡，「比鄰」也是另一個方向的探索：疆界永遠只存在於地表之上，而之下，大地的脈動則是息息相連；在體表之下，在覃思、辯證、與創作之下，也許有著無意識的無邊網絡？……自我始終是另一個自我的鄰居。

葉偉忠

死亡：非直線運動

　　法文中，海（mer）與母親（mère）發音相同。即便，彭大歷斯選用的字是「潮（marée）」，依然不妨礙我們聯想這是與母親有關的秘密。潮起潮落，是母親情感高低起伏的寫照。海水帶來高潮，孩童在沙灘興奮高喊，母親焦慮地看護她的孩子；浪潮退去，孩童失望地追逐，母親卻略顯緩和，稍微放下海水捲走孩子的擔憂。正是這樣一種母子聯繫的矛盾，建構出個人情感發展的基礎，這不全然關乎具體母親的形象，而是在迭佚的間隔裡，主體如何想像及客體化自己的母親。

　　起（haute，高）、落（basse，低）除了字面意義外，這兩個單詞的接續還隱含佛洛伊德式捲軸遊戲的旋律。隨著母親離去和返回，幼兒口中發出 fort-da，「去了-在了」，孩童在此中找到主動的樂趣，彷彿他能掌控母親的消失和再

現。潮起潮落，媽媽走-媽媽來，是孩童確立自己在世界上擁有「創造-發現」能力的根基。是他的超能力讓潮水起、讓潮水落。潮起潮落，帶來了母親，帶來了生命。

《潮起潮落》誕生於波爾多西南一處海灣，彭大歷斯最後一個夏日假期，他的最後一本著作。寫作裡，他反覆對生命與死亡進行提問：死亡的出現是漸形凋零寂靜，還是充滿躁動極具破壞？我們從未親身經歷過死亡。即使有過，也未留下任何可觀察的痕跡。不知死，何以我們會對死亡懷有恐懼？或許，我們早已體驗過他者的死亡，對於死去的親人，我們努力在心裡保存他們的樣子。然而，終究，我們並不瞭解自己的死亡。生命將盡，我們如何直視這種「與自己的分離」？

分離，在生命最早期階段，個體從母體離開那瞬間，已然發生。之後一生，還會經歷各式分離，直到死亡。然而，死亡真的是一種分離嗎？在這點上，溫尼考特並不同意佛洛伊德將死亡視為生命的終結，反之，他認為是死亡定義了生命。生命不過是兩種無生命狀態之間的一段間隔。自脫離第一個無生命狀態起，或許，我們一

直希望，無意識地，通過退行的極端，平和地達到第二次的無生命狀態。死亡，是一種回返。

彭大歷斯小時候就失去了父親。他說，他身上留有父親的印記，父親和自己是唯一能認出彼此的人。他的心中一直保有另一個關於死亡的秘密。父親的。

還有一個秘密，是彭大歷斯為自己編織的。他無意間透露：「死亡，會在生日當天把我逮個正著。何時？我不清楚，但會是那一天。」

2013年1月15日，在自己誕生那天，他走了。他會再回來。

許薰月

海天一色

　　海洋，在希臘羅馬的古典文化消褪之後，沈寂了千年之久。人類在海洋上的活動，覓食、交易、遷徙，從來不曾停息，但海洋與詩歌卻斷絕了連繫。直到大航海年代，歐洲人遠渡重洋去探索新世界，海洋才又於文字中復甦。

　　隨著海潮復歸於文學，興起的是一個嶄新的文類：現代小說。海洋，或遠或近，或作為背景、或作為動力，成為歷險小說不可或缺的元素。而其中最具代表特徵與時代意義的兩部作品，《魯賓遜漂流記》與《格列佛遊記》，更闡明了海洋在現實生活與意象世界所扮演的角色：

　　它既是走往他方、走向他者的媒介，也是讓人陷入孤獨、隔離、絕地的無邊困境。而雙邊的溝通可否存在，卻非人力所能控制的。

古希臘文、拉丁文中，無邊的海洋被視為「平原」。在一望無際的原野之外，等待著我們的，是希望、是慾望、或者是絕望？

與海洋相關的小說，自此不勝枚舉（《白鯨記》、《金銀島》、《蒼蠅王》、《老人與海》......），遠勝於山巒。我們討論時，薰月、朝唐還提醒我：別忘了在汪洋中獨自與「心魔」鏖戰的少年 Pi。

十九世紀中葉，法國史學家，米胥雷（Jules Michelet），在傳統的、人文的史學著作之外，還寫了一系列的自然史專題，其中一部，就是《海》。

海洋與史觀的相遇，不僅是人與海洋關係的闡述，更默默將海洋擬人化，賦予她人類悲歡喜怒的性格。海洋也有她的生命、也有她的性情，她穿越宇宙的時間，也參與人類的歲月。海洋成為了人類的伴侶。

《潮起潮落》，在精神上，隱隱承襲著海洋歷史的傳統，而在血肉裡，則融入了海洋小說的養分。

從開篇到結尾，從失意沉默的船長到永恆無言的潮汐，《潮起潮落》除了顯著的海洋指標，還有許許多多含蓄的、低聲的浪濤波瀾。

例如，來自大洋彼端的人，出走海外的創傷，乃至人體與情緒的高低起伏。這一切，將留待讀者慢慢發現。

我僅在此強調，本書中，海洋與「渡假」密不可分的關連，以及──渡假與人生難捨難分的糾結。（究竟假日是生活中的括號？或生活是假日之間的括號？）

也希望閱讀這部散文集，能在你我的日常生活裡，割畫出一段渡假的海水氣息。

葉偉忠

Le commandant

船長

　　這裡是夏季渡假者的熱門海濱,特別是家庭旅客。海灘不算大,略為內彎,岩石環繞,抵禦風的侵襲,也不受「大洋」強勁捲浪所威脅。沙質十分細緻。非常多的孩子四處奔跑,他們跑向水邊、再跑回來、互相推擠、互丟沙球。然後,父母大喊:「停!」而孩子們益加興奮,再次奔跑、再次嬉鬧。

　　背靠著岩石,在海灘盡頭,有位老人注視著人們。他待在那兒幾個小時,單獨,靜默。所有人把包包、毛巾、防曬乳、遮陽傘、玩沙的耙子和鍬都堆在海灘上。老人的身邊只有拐杖。所有人都穿泳衣,他穿白帆布褲,頭戴巴拿馬草帽。偶爾,他打開書本,更多時候,他望著海洋以及那些在沙上翻滾、奔跑、嬉戲,興奮的孩子們。

　　他的目光尋覓地平線,消散在遠端,隨而回到鄰近處,孩子們的叫聲。他聽見幾個並不熟悉

的名字：「凡內莎，脫下妳濕掉的泳衣；蒂莫岱，收好你的玩具；拉菲爾，快一點，不要煩你妹妹。」

白天結束之際，他從岩石起身，藉助著拐杖支撐離去。他有點不穩，但仍站得直挺挺。真是個優雅的男人。一小段時間後，他停下腳步，深吸口氣，再度踏出步伐，謹慎地避開小徑上滿佈的石子。

他要去哪？我們所知不多。那幢有點距離的房子？他朋友家？不太可能，當他來到這個只有孩子們和年輕情侶的海灘時，從未有人陪伴。是的，這裡只有一名老人，就是他。

他來這裡已經非常多年了。並不總是同一群孩子，也不是同一群父母。但他，永遠佔據同一位置，彷彿是專門保留給他的。沒有人打算奪佔這個位置，那是他的容身之所。

海灘周邊發生許多變化，加設了一道階梯，更遠一些多出了個小吃部。但他，沒有改變。不，他變了：他變得愈來愈削瘦，愈來愈倚賴他的拐杖，以及，當他起身離開岩石時，搖搖欲

墜、費勁地找回平衡。他盡力挺直腰桿——人們感覺到他的努力、感覺到世上任何原因都無法迫使他駝背走路。他不隱藏自己是老人的事實，但這不妨礙他保持優雅、高尚。尤其，不能隨便馬虎，舉止必須得體。

這名老人引起我的好奇。他是誰？他的人生是怎麼樣的？我不敢對他提出這些疑問。毫無疑問，他不會把我趕跑，只會報以微笑，因為我想像他是個謙和又內斂的人。

我結識了一位鄰村的村民。對他，我就不怕提出這些疑問。「噢，你是說船長啊？他呀，是個很帥的男人。既自命不凡又虛心有禮。」

我打聽到這位老先生，優雅的男人，脆弱的男人，曾經領航過許多商船。他航行過所有海洋，遠達中國、委內瑞拉，幾乎踏遍全世界港口。然後有一天——想必是誤讀了航海圖，要不就是他將掌舵權交給副手——船觸礁了，造成嚴重損壞，於是他被公司辭退。原本，他可以在退休前被另一家公司聘雇，但他不願意接受這個安排，像是要承擔起他的錯誤。「一個自尊心很強的男人，我剛才跟你說過。」

我繼續追問：「他沒結婚？沒孩子？」

「有，他結過婚，和一位漂亮女人，但她行為不是很檢點。你想想，他總是在海上，他最愛的是大海。她在他失去船長職位的隔天就離開他。他有沒有孩子？我想不可能啦。總之，就算有，我們也從來沒在這裡見過。」

從老先生背靠著岩石，從他用望遠鏡望向地平線或凝視孩子們玩樂來消磨時間的身影上，我無法知道更多了，況且，我也不想要知道更多。

去年夏天，我回到滿是細沙的海灘。那岩石上已沒有人倚靠著。我告訴自己至少有某個人不會遺忘船長，而我就是那個人。

L'enterrement
入葬

　　她曾是他的初戀。但並非唯一的愛。因為西
蒙總處於墜入愛河、或相信自己墜入愛河的狀
態。對他來說，彷彿除了求愛的季節，沒有其他
季節。

　　那天早上，他走出布列塔尼小村莊的墓地，
他的初戀剛下葬。五十年前，她在這個村莊出
生。他猶豫是否要參加葬禮。「這毫無意義。」
他對自己說。「很久之前我就已經埋葬了我的初
戀，久到她已不再存於我的記憶之中了。」

　　而後，一位老朋友通知他這個消息：「伊娃
因心肌梗塞猝死了。」回憶被他再度想起，一小
段、一小段的回憶在長年的沉眠後，在即將抵達
基貝戎半島中甦醒，雖然他不曉得為什麼是這
些、而不是那些的回憶。他的朋友告訴他：「葬
禮將在十一點進行。」「我來得及趕到嗎？」這
問題顯得荒謬至極。他挑釁地自答：「無論如

何，現在她正躺在棺材裡，她有的是時間等待。」

等待，或許她從未停止等待。等著降生人間，是死亡追上了她，瞬間擊中了她。

他們倆的婚姻沒有持續很久，三年，不會超過四年吧。

他們是何時、何地、如何相遇的呢？在初春早晨，拉丁區的露天咖啡座上？在共同的友人家，晚宴上他們喝得有點醉、跳了很多舞時？在基貝戎，西蒙和父母一起渡假的那年夏天？是哪些地方、哪樣場合，都不再重要，皆已磨滅於遺忘的深處。

然而，西蒙喜歡沉浸於往事，無論彼時幸福與否。不過，這一段過往，他卻不想談論，不願再讓此事向他傾訴。他希望它從此淪入寂靜，消失在墳墓裡。

但這會兒，前往墓地、帶他到初戀身旁的路程中，整段往事浮上心頭。

她剛滿二十歲，而他，則多了幾歲。西蒙的朋友談起她，說她是「纖纖玉女」。他則說，她就像一枚果實，就像剛從樹上摘取的桃子，嫩到放入嘴裡就融化了。這比喻了無新意，他是知道的。因為他太明白缺乏想像力是什麼樣子。他曾在大企業的財務部門工作，管理數字、編制損益表，這些完全不利於發揮想像力。與伊娃的相遇，與嫩到化在嘴裡的桃子相融，將他從冰凍世界中釋放。

她沒有認真投入毫無興趣的社會學學業。她熱愛的是游泳一整個小時，是在海邊小徑漫步，烈日或細雨都無所謂，是半裸地躺在後院。她喜歡做愛。世界之於她，是感官的世界。

婚後不久，伊娃便懷孕了。得知消息之初，西蒙起先有點惶惶不安。這個年邁雙親的獨子，還不覺得自己要成為一名年輕的父親。但是，不安很快消失，他很高興在沒有真正祈願之下，小生命突然闖入他的人生，就像這樣。彷彿小生命只服膺於他個人意念，一個如此靠近愛的意念。

他的父母是如此僵化，如此圍限在日常煩惱裡，如此過早老化。彷彿是僅僅等待著衰亡。當

西蒙喜悅地對他們說：「我要有孩子了。」他甚感驚訝自己是說「我」，而不是「我們」要有孩子了。他們回答：「你們還這麼年輕」的同時，並沒有暫停手中最喜歡的填字遊戲。

伊娃在7月14日分娩。到處都在辦舞會，還有國慶煙火和派對。她生下一名只在這個世界待了幾小時的男嬰。出現的不是一個新生命，而是一個死亡，一個連葬禮權利都不具備的嬰孩之死。

西蒙病倒了，彷彿病到要走近他的小男孩。伊娃則將自己囚禁在悲痛之中。

兩人各執一方。

此後，他們的性情大變。為微不足道的小事爭執不下，直到最終不再爭論，這使他們彼此推離得更遠。沉重的死寂進駐。為孩子準備的嬰兒房依然空蕩，即使有傢俱和書籍，整幢公寓也承載著空蕩。

他們兩人各自發展「婚外情」，但也說不上是什麼戀情。

伊娃抱怨著偏頭痛和風濕。她的體重增加不少，「纖纖玉女」，一天天變成了酸腐的女人。

另外一邊，西蒙變得冷血，慣於用還算客氣的方式冷言酸語，極盡諷刺。

對彼此以及自己感到不滿的情形之下，他們分開了。

分手之後的三十年間，他們有時會相遇，更確切地說應是擦身而過。勉強講個幾句話，擠出侷促的微笑，假裝別處有人叫喚，在各自轉身離去之前。

西蒙待在墓園裡，和從前就認識西蒙和伊娃這對戀人的朋友們小聊片刻。

隨後，他沿著懸崖上方的海關小徑散步著。依稀聽見伊娃對他說：「小心，我們正在接近海鷗的窩巢。你知道，他們絕對不喜歡這樣的，他們是要保護窩巢，當他們攻擊時會從上方猛撲向我們。你還記得希區考克的電影《鳥》嗎？」

我記得的，她有多麼地害怕！她在電影院出口的人行道上，顫抖著。彷彿她仍瞧見那些鳥攻

擊她，如死亡信差的鳥。於是，我用雙臂環抱著
她，生命回來了。

Le retrait
退隱

這種事平常到令人想哭。不過她沒有哭，或者說她的眼淚全都淌在心底，她是唯一嚐到苦味的那個人。

她的伴侶離她而去。他熱切愛上年輕了二十五歲、正在他指導下進行宮廷愛情[1]博士論文的女學生。橫跨在指導教授與一個青春美麗的女學生之間，怎麼可能是精神上的宮廷愛情。這是某種吞噬了他們倆的肉體情慾。

絕不能爭風吃醋。希微亞把嫉妒看作是低層次的情緒，配不上她。沒有嘶喊謾罵。我甚至認為她會對自己說，他的伴侶與這位她稱作的「小女孩」能在一起，是他的幸運。

她剛滿五十歲，來到和他一樣的歲數。頭髮花白了，人削瘦了，但她的美，冷峻、有距離感

---

[1] 譯註：Amour courtois，在宮廷儀節的框架下，中古世紀騎士和貴婦之間的精神戀愛。

27

的美，並沒有就此離開她。她令男人退卻，遠大於對他們的吸引。

她很快做出決定。她要逃走。她在下諾曼第省找到一間極簡小屋，只帶了幾樣東西，包括她喜愛的衣物。隱居時，她仍要維持優雅、注重儀態。在市場碰見時會攀談幾句的居民們都尊重她，他們背地裡稱她「巴黎的美麗皇后」的同時，也發覺她的古怪不尋常。

她請他們把廢棄金屬、用壞了的農鋤工具和鐵絲賣給她。用這些材料，她開始在充當工作室的穀倉裡，拼製某些雕塑。她耐心地組裝散落在周邊的小零件，帶著有如鐘錶匠的精密性。從未如此的她展現許多想像力，創造出人物角色、動物、植物和花。不具有想像力，正是前任指責她的地方。前任並非正確的詞，因為在她心裡，這名不忠者仍住在她的心底。只不過他們之間的愛，彼此的愛，已經「故障了」。

雕塑作品不斷積累。她從未將它們展示給任何人。然而，在我某次拜訪希微亞的時候，在我堅持下，她終於同意讓我進入穀倉工作室。我站在這系列形式令人困惑不安的作品前，立即體驗到古怪的感覺，它讓我想起死亡——金屬，只

有金屬——但它同時展現了不可思議的創造性，如同那些表現出瘋狂的畫作。到底她從哪裡搜尋到這一切，那個謹慎的希微亞？

我鼓起好大勇氣說：「妳應該為妳的作品辦個展覽，而不是把它們藏起來。」「我的作品，你開玩笑吧，它打發時間，它排遣了我，就這樣而已。」

日後拜訪期間——我是少數幾個沒有忘記她在荒僻之處的朋友——我仍再次嘗試：「我認識一個畫廊老闆，我和他提了一下，他很感興趣。」

令我吃驚的是，希微亞並不難被說服：「好啊，如果你那麼在意的話。」

展覽空前地成功。希微亞沒有出席開幕酒會。所有雕塑品都找到了買主，除了一件作品。畫廊的賓客覺得它實在太詭異了，它令他們感到害怕。「它表現的是，一個器官、一個惡性腫瘤？我不想要它進駐我家。」

如今她在國外生活，我再也沒有希微亞的消息。我給她寄了幾封信仍未有回音。她還活著

嗎？然無論如何，她早在許久之前就已離開我們

的世界了。

結局

　　她寫了封傾訴愛意的信給她的丈夫，隨即從六樓廚房的窗戶縱身躍出。大樓管理員往死者碎裂的身體靠近的同時，驚聲大叫。

　　前一天是她的八十歲生日。絕不要慶祝，甚至不要提起。艾琳無法接受變老，無法容忍一年比一年衰老。偶爾，她難得笑著說：「我像是輛七零八落的破車。車廠換了一個又一個的零件，車子還能再跑一段時間，過後……」上個月，鑑於她的牙口狀態，牙醫說必須要裝一套輔具（他沒有說『假牙』）。她沮喪地返回家中，從不飲酒的她，吞下一杯接一杯的白蘭地。她的先生去圖書館查閱幾本歷史書籍（他的專業），回到家時，發現她幾近昏迷，「彷彿死了」，他這樣告訴我。然而，在那個早晨，「彷彿」一詞是多餘的了。

　　不管怎樣，沒有人會因為假牙這種事就跳窗而出：為何被虛空所吸走？為何對自己處以這

31

種毀滅方式？為何如此暴力？從窗戶將自己投擲出去的那瞬間，為何她的意向竟沒有屈折？

艾琳是個溫柔的女性，含蓄到了沒有個性。朋友們不免為此責備她：「妳為什麼在丈夫面前這樣抹滅自己？」抹滅到徹底抹殺了自己。他們不了解。沒有人了解。每個人為不了解而自責。的確，他們經常感覺到她有些悲傷，談話時的心不在焉，但這段日子以來，在盧森堡公園愉快地和孫兒散步後，她似乎尋回了一些青春快活。

是的，但事實就擺在眼前：總之，老婦人選擇搶先走在死神即將來訪、宣告她的壽終之前。至少，艾琳選擇了自己的時辰，給她自己，一個陽光閃耀的春日早晨。

« Je l'ai vu mourir »
「看著他死」

　　我平靜地躺在花園的帆布躺椅上，翻閱著地方小報。讀到一則報導是某位男子在離此地不遠的大海中溺斃。急救員很快地抵達。啊！原來就是那個，我昨天聽到盤旋在海灘上方的直升機。急救員嘗試著讓他恢復知覺，但徒然無功。報導指出，這意外難以解釋，因為這名男子是擅長游泳的。那麼，是心臟病發導致猝逝？或者，是被渦流捲走？被特別強勁的浪潮吞沒？就像平常在這類事件報導裡所說：「不排除任何一個假設。」報導還提到溺斃者的妻子就在海灘上的急救員身旁，必須把她送往醫院，注射鎮靜劑。

　　我想像急救員施作心肺復甦術時，這名妻子應曾經感受到短暫的希望瞬間。心臟會不會重新跳動，雙眼能不能再度睜開？我想像她熱切的眼光以及遏止不了的啜泣。

很快地，記憶就是這麼運作，透過聯想，我想起一名來找我諮商的女子說過的話。她之前與一名精神分析師進行過多年分析。我知道這個人，也知道他在久病後離世。突然間，我的個案告訴我：「你懂嗎？我是看著他死的。」她並非他死亡時的目擊證人。而是在一回又一回的分析中，她看著，死亡的堅定和不可逆的歷程，發生在這個男人身上。她親眼目睹這個過程。隨後，我有一個新的聯想：托爾斯泰最美的故事《伊凡伊里奇之死》。我想到，一名非常健康的年輕農民，格拉西姆，與一名知道自己即將死亡、卻不明白為何必須墜入「屍袋」、曾擁有輝煌職涯的法官，伊凡伊里奇，兩人之間濃厚、強烈的關係。

格拉西姆並不排拒令人作嘔的工作任務。他用靠枕墊高主人的雙腳，直率、不做作地與他說話。他陪伴他。不過，伊凡伊里奇還有痛苦作伴。痛苦也沒有離開他。痛苦，總是一直在那裡，愈來愈入侵他，直到與他融合為一體。

象徵生命活力的格拉西姆，和把死亡嵌入伊凡伊里奇的身體與靈魂裡的痛苦，兩者有什麼東西是相同的嗎？這是真理的兩個角度。當伊凡要

求他的親信僕眾和對他撒謊的醫生，把格拉西姆叫來給他的時候，伊凡所請求的，是將真誠之人留在身旁，就像不會說謊的痛苦那麼真誠。

我想像那位在海灘上啜泣的妻子，夢想能成為農奴格拉西姆，用簡單的手勢和貧瘠的語言，盡其所能地救助這位她無法割捨的男人，直到最後。

當兩個人無法失去對方時，會發生什麼事？

我再也不看地方小報了。

身畔

　　只要有個朋友生病，一得空，他就會致電或親自探望、每天詢問最新病情。這是再自然不過的事情。

　　然而，周遭朋友和皮耶自己一樣，都覺得有些怪異，即使生病的人不是親近的朋友，而僅是從無交情的同事，他都同樣地關心。

　　當醫生驚險地將離婚後嘗試自殺的盧馬汀搶救回來後，皮耶來到病榻前。盧馬汀看來有點驚訝：「你能來實在是客氣了。」這名毫不吝嗇地服用大量巴比妥酸劑的「自殺者」硬生生被救活，現正細細述說他愛得死去活來的女人：「是，我太愛她了，這正是她的逃跑原因，我吸乾了她所有的空氣，她一定感到極度窒息。」接著，他談論起無聊得要命的辦公室生活，在發出「要命的」這個字時，他微笑著說：「其實沒那麼要命啦，證據是我還在這裡，我們還在談話呢。」

隔日和接著數日，皮耶返回醫院，換成他向馬汀傾訴，敘說著自己跟馬汀相反，他沒有那麼愛他的伴侶，她因而對此感到痛苦，他很擔心她會陷入憂鬱。

　　「欸，有可能她跟我同個部門噢，也有可能我愛上了她。」

　　「為什麼不呢？」皮耶笑著說。「好笑的是，即使你和我一起在同個公司工作那麼久，我倆卻從未在走廊上交談過。要到發生這個意外……」皮耶想找其他詞來形容，但他沒能找到。「我們才能相遇。」

　　去年，是位中風的大學同學。皮耶與他已失聯許久。但是當他透過別人得知到這個消息時，他一秒鐘也不躊躇。目的地是，薩樂貝提耶醫院神經科。

　　過去的老同學已經住院好幾天了。

　　前往337號病房的走廊上，皮耶與一些看來遲鈍的、與輪椅奮鬥的人交錯而過。他們的身影使他沮喪。然而早有人警告過他：「在這個科別，你也許遇見的全是『廢物』。」他厭惡這個詞，但這個詞強迫他必須使用。

輕敲337號房門。沒回應。他開門進去。老同學動也不動地躺在病床上，眼神空洞，微笑，嘴唇微張。「他在笑嗎？認出我了嗎？他到底有沒有察覺有人在這邊，在他身邊？」

　　「喏，我給你帶了小型收音機。像這樣，你就可以聽聽音樂。」皮耶把頻道轉到法國知音。

　　從患者嘴裡發出的含糊聲響，蓋過莫札特的清脆音調。他想說些什麼，但字詞拒絕了他。皮耶聽見「媽的，媽的」，狂怒地、重複著。他關掉收音機。而男人，這個「廢物」，重新跌入沈默裡。

　　他呆滯的臉龐上沒有痛苦跡象，反倒像是有某種永恆極樂。然而，皮耶身上的焦慮感急速攀升。

　　他沒有久留，再次穿越走廊上的輪椅、閃避著不撞上推著助行器的人。同樣的這些人，在上個星期，推著的應該是超市裡裝滿食品的推車。走廊的盡頭，他撞見抬著要去做斷層掃描患者的傳送員，彼此用下流不堪的笑話對談。皮耶真想痛扁他們。

終於走出來了，沿著薩樂貝提耶醫院一棟接一棟的建築物走著——像座城市，有它的街道，有它的十字路口，有它的路標，有它的教堂——他衝向和煦陽光下的酒吧露天座位，點了杯雙份威士忌。

迅捷前行的幸福，呼吸的幸福，與身著輕盈衫裙女子錯身而過的幸福。

以及羞愧：如此濃烈地感受前所未有的幸福，而距離那些「廢物」僅有幾步之遙。

他控訴自己潛逃的罪名。

明知道這個問題很蠢，但在他腦中轉了又轉：「一個這般傑出，第一名考進高等師院的男孩，如此明亮、風趣、迷人的男人，怎麼可能變成這樣？」

他重複道：「變成這樣」。

他往返醫院好幾次，盼能找到他逐漸好轉的跡象。「欸，你轉開了收音機嗎？你可以聽到法國知音嗎？」患者搖搖頭，發出幾個微弱音節，那些字詞仍舊拒絕他。這樣的情況令他盛怒，

「媽的，媽的」。然後，微笑再度浮現，它非一抹單純微笑，它取代了無盡淚水。

「他有意識到自身的狀態嗎？認命嗎？他不像有在受苦的樣子啊。可能，我在身邊多少可讓他感到一絲欣慰。在他身畔，在一名活死人身旁。」

皮耶驅趕這些念頭。他自覺糟透了的無能為力，抑制住想哭的衝動。

他想起一個久遠的經驗，至少，彼時彼地，他的出現對患者帶來了些許鼓舞。

那次是一個女人，母親的兒時玩伴，皮耶的教母。他眼見她的狀況惡化：記憶逐漸混淆、定向感喪失、好幾次警察把拖著一只空行李箱在街上遊蕩的她領回家。如今，她被幽禁在醫院專門照料阿茲海默症的病房裡。

皮耶規律地去探望她。牽她的手、撫摸她的臉、幫她梳頭髮——她還存有一縷雅緻韻味。有時她把他認作死去的兒子，有時她叫他「媽媽」。這沒有讓他感到為難，相反地，這使他十分感動，她將他與那些所愛、曾經愛過的人們混

40

淆，而透過皮耶的在場，消失的人如今又出現在她身畔。是呀，多虧了他，牽著她手、撫摸她歷經風霜的臉龐，所有曾經的消逝都未離她而去。

從這些探訪中，皮耶同時感到極度哀傷和極度平和。

今天，他自問：「我接近這些病患到底要去尋求什麼？我卻從來沒有想要當護士或是修女的志願。這不是同情，也不是我對他們感到憐憫。那是什麼呢？我是想化解自身死亡的魔咒嗎？害怕生命快結束之時，沒人在我身旁嗎？」

突然，他找到了答案。不，不是這樣的。

是我爸。那時醫師已放棄治療擴散全身的癌症，根據醫師研判，他的生命只剩下幾個禮拜，甚至只有幾天。皮耶選擇聽到「幾個禮拜」。於是，他決定前往芝加哥參加一場獲邀為主賓的會議。「我拒絕不了邀約，我爸會好好地直到我回來。」

父親沒有挺住。皮耶才剛結束他的演講，才剛獲得與會者的如雷掌聲，一通電報就來通知他這個消息。

當他應該在場時，他不在那裡，不在如此以他為傲的父親身畔。他沒有牽著他的手。他像個小偷般逃跑。為什麼？為了贏得掌聲。

Le désamour

倦愛

當我聽某人說話時，就像是聽見另一個人說話。同款的字句、同款的拒絕、同款的老調重彈。

「我可以接受，如今和以前不一樣。但我還是要說，畢竟我們在一起十年了、也有多年激情。但現在當我一靠近，她就避開，彷彿我變得讓她難以忍受、彷彿是她的敵人，這真是莫名其妙。好吧，激情結束。可我不求什麼，我只求一點點溫存。」

這二位我熟識的男人，彼此不認識，但他們都被一起生活的女人狠心拋棄。不過，「狠心」是他們自己講的。我提醒他們早有很多跡象，透露出他們伴侶的倦怠，以及預告分手的徵兆。

然而，他們仍舊不死心，一再地重複：「我真的不明白欸，過了這麼多年。還有……」

噢，換我不耐煩了：「不愛了，就活生生地擺在那。你自己，也會這樣啊，完全不替對方著想，就丟下愛你的人。你還記得曾跟我說過：『我重獲自由了，你無法想像我簡直就快要窒息，現在我終於可以呼吸了。』」

「這是兩回事，完全是兩回事。我可從來沒有表現出任何一丁點兒的控制，也不是那種黏噠噠的橡皮糖。我讓法蘭希瓦擁有絕對的自由。如果她想出去就可以出去啊，她也可以見任何朋友。」

換我了，我再度重申：「不愛了，就是擺在那。」我繼續加碼：「男人禁不起被拋棄。然而，他們遺棄別人的時候，卻不會有罪惡感。你必須接受這個事實：法蘭希瓦沒把你當作敵人，她只是受夠你而已，就這樣。」

昨晚，我夢見貝爾納，二名朋友之一，就是那位法蘭希瓦不再能忍受的男人。貝爾納長得是十分健壯的類型，以他的肌肉自豪。然而在那，我的夢裡，我看見他正在地上爬行，像個還不會走路的嬰兒。下一個鏡頭，他站著並向前邁出堅穩的一大步。他又變回之前那個男人，強壯、結實、愛笑的樣子。

現實並不符合我的期望。貝爾納沒有從失去愛之中重新站起。他獨自住在傷兵院附近一幢小公寓裡，不肯見任何人，只對他的小母喵說話。我猜他是對著喵咪說：「我不明白過了這麼多年……」唱盤重複放送。它，經久耐用。

　　小母喵從沒離開過貝爾納。

　　想當年，我狂戀的女子不要我時，我和這二位朋友一樣不斷重複：「這不可能！這麼多年的相處之後……。」就像在夢裡面我看到的貝爾納，我差不多也要匍在地上爬。我需要時間，一段長到能讓深深傷口癒合的修復期，讓我得以重新挺直、站起、再往前走。

　　雖說如此，但我們不是每次都能治癒愛的痛楚。

Se séparer d'une part de soi-même
告別自己的一部分

　　有時，強烈渴望擁有小孩的女人在分娩後會嚴重地消沈下去。我想像著她們在孕期裝填飽滿的感覺，想像著她們無法承受和她們連為一體的小小生命猛烈地分離開來。這時，她們內在的空間，完全被空缺所填滿。

　　精神科醫師將這段低潮狀態稱為**產後**憂鬱症。

　　我剛才遇見一位親近的朋友。他最近一期的展覽相當成功，賣出了所有畫作，藝廊老闆喜形於色。但他卻一副頹喪模樣，愁苦和徬徨寫在臉上。他瀕臨崩潰邊緣，當我們愛的人突然間就離開的那種。

　　是那些畫作，在工作室裡曾環繞身旁的畫作，拋棄他了。

我記得當一些作家在他們的書籍出版之後，就像我那位畫家朋友，陷落至陰鬱情緒裡。他們和書彼此交心數月或數年之久，一種私密的情意不再歸屬於他們。書被交付給大眾，一些人也許認購它，但多數人甚至不知道書的存在。

　　心愛的孩子離開了，即將離得愈來愈遠，生活在自己的、遠離作者的生活裡。

　　於是，他開始埋首於另一本書。

　　當一個全新生活即將要展開之際，長久以來彼此交融緊密到無法分離的另一個生活，注定要被抹滅嗎？

S'exiler de l'exil

從流亡中流亡

　　扣押、監禁、拷打、屠殺。這群軍人在這個國家、以及同個大陸上其他國家握有權力後，這些行徑已持續數年。

　　歐塔維在此地出生，在他之前，還有他的父母、祖父母。當時，獨裁政府沒有強制實施鐵血律法。歐塔維愛這個國家，愛首都，這讓他想起舒沛韋耶、拉弗格、伊希朵杜卡思——他很年輕時讀過的詩句，也愛海灘和太陽。這裡曾是自由的國度。

　　彼時，他順利從醫學院畢業。而後，那些穿制服的人突然出現，他們不要自由也不要詩，他們的「醫學」是極端的：為了根除壞的東西——所謂壞的，即是任何一種沒有**統一制服**的形式——所有手段都是好的。

　　歐塔維和一些同伴試圖對抗政權。其中好幾個人被扣押了。遲早，會輪到他的。

他成功逃離了，怎麼辦到的，我不清楚。他選擇法國作為流亡之所，一個他心之嚮往的國度，而且，有兩三位同鄉已經比他還早抵達巴黎。

起初生活相當困難。他必須跑無數的行政程序，以取得政治難民的身份。此外，還要跑更多的程序來認證各種文憑，讓他得以行醫。他不向氣餒做出讓步。

他逃亡時挾帶著幾本法文書。他著手翻譯《惡之華》作為消遣。詩詞替他開拓一條掌握新語言的道路。

偶爾，一封來信通知他某個朋友失蹤的消息。「失蹤」，數以千計。這個詞，讓掌權者能夠使孩子的母親相信，她們的兒子還沒死、還沒被殺害，相信他們會回來；又或者，是他們自願失蹤。犬儒主義，無上限的殘忍。

歐塔維感覺自己在流亡，遠離他的親人。偶爾因為沒有留在那邊對抗惡權而感到罪咎。祖國，也被失蹤了。還要多久呢？

數個月後，他找到一個機構內的職位，接待像他一樣的流亡者，只不過他們不會說法

語。這工作要負責給予他們物資支援，於此之外，還要預想承接迷失人們的無助，其遭受的苦要比歐塔維來得多。而他，縱然時好時壞，總算是成功脫困了。

每天與這些迷惘、幾近瘋狂邊緣的人們會晤，竟離奇地使他少了點流亡的感覺，不再單被思鄉之苦折磨。和緩地、一天天地，他從流亡中流亡出來。法國變成他的新家園，他在這裡交到一些不會把他當作過客的朋友。

現今，著制服的人已經喪權。每年夏天，歐塔維回到原生國。他在那裡被接納，如同他未曾離開過；而在法國生活，如同他出生在此。於是，他有兩個國家了，無法缺少任何一個。

他不喜歡人們對他談論「根源」。我贊同他的反感。我們的根源是整個世界。

Reprendre vie

重生

「房子又活過來了！」最近幾次碰面，貝特宏總這麼跟我說。

這房子，買了十多年了，買在德龍省、距離聖保羅三堡市幾公里的地方，「就圖個價格划算」，他老愛強調這點。這間寬敞漂亮卻又樸實的「鄉紳宅邸」，遠離附近所有村莊的人煙，周圍還環繞著百看不厭的薰衣草花田。以至，從沒拿過畫筆的他，竟也即興扮演了一回畫家，試圖在畫布上重現風光，讓眼前所見永不消逝。然而，他能留住顏色，卻留不住氣味與風，而這風，每到夜晚，總會賦予景色活力與生命。

貝特宏和妻子芙倫絲，就住在這棟房子裡。後來，他們的孩子小男孩艾西克也出生了。

每週有三天，他們會不在家，搭火車去里昂。貝特宏在當地大學裡教授比較文學，芙倫絲

則在中學裡教授英語，這也是她的母語。他們不在家的時候，會把艾西克託給附近一位很快就跟孩子打成一片的年輕女士照顧。

這房子，地處偏僻，曾多次成為闖空門的目標，每次下來，窗戶片片碎裂，大門也被撞開。一個人在家照顧孩子，這年輕女士覺得不大安心。因此，貝特宏才決定聘請一對夫婦來擔任守衛。這對夫婦個性認真、話少，在大房子旁的小屋裡，他們從未接待過私人訪客，不僅如此，模範守衛還提供各式各樣的服務：粉刷房間、修理窗子、打掃家裡。貝特宏和芙倫絲曾希望他們可以更親和一點，不要那麼有距離，但，這不就是他們的個性嗎？不必強求所有人都要每天活得開心，像他們一樣快樂吧。

因為貝特宏和芙倫絲的確幸福，擁有一棟環繞著薰衣草花田的漂亮房子，裡頭還有一個每次從里昂回家時都迫不及待想見著的小男孩。

然而，也是在里昂，當芙倫絲在中學工作、課上到一半時，突然，死亡降臨了：死因是動脈瘤破裂。

正是在那之前一個月，守衛夫婦向貝特宏提出要退休回老家去。他們還很故意地提醒「老闆」──他們就這麼稱呼貝特宏，這讓他有點惱怒，他一點都不喜歡這頭銜──要找到接替人選可是很難的：「找年輕人嘛，您想想，他們不會想要一天二十四小時都待在這兒的，他們喜歡到處跑、吃喝玩樂什麼的。找年紀大的？您想想，他們有自己的房子，不會離家把自己關在這兒的。」

真是令人洩氣的一番話。這些，貝特宏都知道，一直以來不管面對什麼困難，他總習慣對自己講喪氣話，哪怕這困難根本微不足道。他腦海中不知道閃過幾次：「如果是這樣的話，那我就放棄，算了！」比如，之前應徵的教師工作遲遲沒有收到錄取通知時，他就是這麼想的。

所以，面對守衛夫婦的離職以及尋找接替人選的困難，他曾對芙倫絲說：「或許賣了吧，我們的房子。」「想都別想！」芙倫絲回他。

而現在，芙倫絲已經死了，死於動脈瘤破裂。破裂，這像是要：斷絕這些年的幸福時

光，離棄這棟房子，忘卻那片薰衣草花田，整個定居里昂。在那，更有利於艾西克完成學業。但貝特宏猶豫不決，拋棄掉如此心愛的房子也就是拋棄了芙倫絲。

此後，就再也沒有人可以鼓舞他了。只剩悲傷伴隨在這頹喪男人左右。

終於，他下定決心：好，那就賣了吧！他找了一家房地產公司。

接洽之後隔天，出人意料地，來了一位年輕男士和他太太，兩人笑容滿面地來應徵守衛。一想到去照管這間房子、去整理它去維護它，他們就滿心歡喜。地處偏僻非但不讓人害怕，恰恰相反，他們熱愛著大自然。

貝特宏立即就被這對年輕夫婦吸引了，他們跟前一對守衛夫婦截然不同。雙方很快就達成了協議，簽署合約。

兩個年輕人住進了小屋。他們既活潑又認真，身上洋溢著青春活力。這對貝特宏來說很有助益。

有座菜園供他們使用。之前，這裡盡是雜草。而現在，櫛瓜與鮮花、番茄與向日葵、紫菀和馬鈴薯，四處錯落生長著。在小屋裡，有些書，但沒有電視，只有一台播放音樂的收音機。週日裡，年輕守衛邀朋友來，圍著戶外的大木桌午餐。此起彼落的笑聲傳進了貝特宏耳裡。院子裡頭，養了幾隻雞，還有隻很享受撫摸的小鴨。

房屋們，大的、小的，都活了過來。

這種重新活過來的感覺，更早之前，貝特宏就經歷過一次。

當年遇到芙倫絲時，他已經結婚，然而，「很奇怪」，他對我說，「從見到芙倫絲的第一眼起，我就知道，我跟我太太已經結束了。跟她在一起我並沒有真的不快樂——然而在遇到芙倫絲那天，我才察覺到我其實是不快樂的。我們不吵架，或許是吵得不夠……怎麼說呢？我們之間像是某些冬日裡的天空，那樣地灰濛、晦暗與凝滯。而芙倫絲立即吸引到我的，正是她的青春活力，當然，還有她的開朗，以及**純真**，儘管，我不太確定純真這個詞

意謂著什麼。很快地，我辦了離婚，我的前妻同意了，無疑，她也感受到了同樣的什麼，即便她從未打從心底承認。之後，我和芙倫絲，我們就住進你所熟知的那棟房子裡。」

「以前，在大學裡頭教教課我就滿足了。這不麻煩，我也蠻認真以對，但畢竟，時間一久，免不了開始重複。單調入駐了生活。我覺得我好像一直在操忙著例行公事，如此而已。而**操忙**，除了是要去填補空白、某種內在空白之外，還能是什麼呢？在與芙倫絲結婚後，在找到了我們的房子後，還發生了件意想不到的事：我有欲望想去寫作，而不再只是當個作評論作解釋的老師。我所創作的，不是散文隨筆，而是去側寫伊迪絲‧華頓、維吉尼亞‧吳爾芙，去描繪一些芙倫絲喜愛的作家。這也是一種歌詠她的方式，是她，重新給了我生活的滋味，這個輕易就會消失、讓我遍尋不著的滋味。」

「之後，艾西克出生了，那種我的生命將重新開始的感覺再度湧現。這個小人兒實在讓我驚喜。在他跨出第一步的那天，我們真想說，他根本是征服了外太空；一位新生代

的尼爾‧阿姆斯壯！而當他學會游泳時，則簡直是戰勝了驚濤駭浪！在他任何些微的進步中，我都看見了輝煌的成功。已不再年輕的我，卻變得跟他同樣年紀，去創造世界、去處在生命的最開端。這種生命，日復一日永遠都是嶄新的。艾西克他，你知道，那是一種當下的生命，構成這種生命的，全是尚未被語言奪走鮮度的種種感覺。」

「你一定覺得我興奮過了頭，甚至有點在幻想。或許吧。但那又如何呢。今天當年輕守衛種下的果樹開滿了花，當我撫摸著小鴨就像艾西克很小時我常摸摸他，我重生了，我又再度被注入活力，而且我敢說芙倫絲一定也很開心，她會的，因為我們的房子再度活了過來。」

「芙倫絲一直在我身邊。從來就沒有過什麼破裂。」

有次在義大利旅行，比較接近漫無目的地閒晃，在某個火山區，我發現了一座村落。村落的名字我忘了，只記得有塊板子上寫著：「就要死了。」在遺忘了村落名的同時，我也用自己的方式刪去了即將到來的抹滅。

在這高山村落裡，有幾個居民，絕大部分都不年輕了，還緊守在那。他們知道，他們的房子與村落即將消失，永遠無法再重生了，而貝特宏所經歷的一切於他們而言，也是絕然無望的了。

Éros en réanimation
愛神加護中

這事眾人皆知，但在我眼裡仍相當奇怪。

他們剛安葬了摯友。當用寥寥數語去訴說其一生、去訴說對他們而言他代表什麼，還是很難不潸然落淚。看著殯葬工人在眼前工作，他們幾乎就想伴隨好友長眠墓底。之後，離開了墓園，跟其他朋友喝了一杯，提及了美好回憶。那晚回到家，他們被做愛的慾望佔據，狂暴難耐。

他們在尋找什麼？是想驅退死亡？還是換成他們，在交融的愉悅中，去體驗某種類似於死亡的東西，在這種「銷魂」裡頭，我們的個體性溶解無影，或說，「自我」消散無蹤。我們法國人口中的，愉悅，英語說起來卻是，**喜悅之極致折磨**……

阿朗深愛著伴侶，他曾對我說，他在乎她遠超過其他人，他不會不知，沒有她一切都會陷入

困境，兩人的性生活也著實讓他滿足。然而，時不時地，他就必須去找其他女人，一夜情或短暫幾日，但很快地，他又會回到伴侶身邊，再度緊緊擁她入懷。

我說的是阿朗，但這也很可能是某個賈克、保羅、維克多，或許是所有男人（至於女人，這是她們的秘密）。他們沒有「背叛」愛人的感覺，他們只是擔心愛神昏睡、遠離乃至消逝。因此，他們要搶先一步。唯一在乎的是：要讓愛神保持清醒。至少，他們是如此宣稱。

À défaut de paradis,
à défaut de résurrection

沒有天國也沒有復活，但...

　　他 剛 慶 祝 過——不，根 本 沒 啥 好 慶 祝
的——他 八 十 歲 的 生 日。

　　他 沒 有 病 痛，鄰 居 聊 到 時 也 總 說 他 身 體 硬
朗、狀 況 極 佳，這 或 許 有 點 誇 張，但 總 之，他
的 健 康 狀 態 無 可 抱 怨。唯 一 要 說 痛 苦 的 話，就
只 有 孤 獨 了。

　　他 太 太 過 世 了，孩 子 們 也 都 住 在 國 外；孫 子
們 呢，比 起 照 顧 這 位 老 人，他 們 更 想 去 忙 些 別
的。簡 短 的 會 面，間 隔 越 拉 越 長，但 也 夠 了。

　　於 是，朗 格 瓦 先 生 決 定 去 找 一 間 可 以 接 待 他
的 養 老 院。在 那 兒，他 將 不 再 只 是 孤 單 一 人。
他 開 始 有 計 劃 有 條 理 地 尋 覓 一 個 住 所，即 便 不
是 最 理 想 的，至 少 也 該 是 合 適 他 的。他 行 動 起
來，就 像 從 前 查 閱 米 其 林 指 南 要 去 淘 出 一 間 舒

適旅館那樣，他沒有要找豪華飯店，他沒這麼多積蓄，但也不想找一間破爛機構。名字聽起來太假的他都先排除了：什麼玫瑰園、花迎春、綠洲。養老院就是養老院，應該要一聽就認得出來，不能想騙人。多年前他曾被一間叫做「海景旅館」的飯店所吸引，結果呢，實際上它位於車站正對面，離海邊足足有一公里。這種教訓一次就太多了！

在實地參觀過不知道幾間之後，朗格瓦先生最終選定的住處，是中等大小、最多住三十人，遠離塵囂的一間舊式莊園，之前絕對是當地某位名流的房子。

他才踏進門就想離開。莊園？這兒？不可能！根本是「等死的地方」！非常明顯，這裡完全不適合他。放眼望去，只有成群的老人，明明就快壽終長眠了還拼命在輪椅上打瞌睡。朗格瓦先生從不掩飾自己年紀大了——叫老人？老老人？他也不太知道——但，無論如何，他絕不會是這些痴愚老頭的其中一員。當有人批評他，並沒有真的去關心過另一個像他但卻狀況奇差、沉默封閉的「老人」時，他回答：「老人，一個就受夠了。」

他給了自己幾天時間考慮：該離開這鬼地方？還是試著融入適應？

就在第一晚，在鼓勵「住民們」進行桌遊的大廳，一個角落裡，他注意到了兩位與眾不同的女士。她們應該跟他差不多年紀，卻和他一樣注重外觀，銀白的頭髮仔細梳理過。她們跟大家保持距離，眉飛色舞地不停閒聊著。

朗格瓦先生上前去自我介紹，攀談。接下來幾天在餐廳裡，他總挨著她們一道用餐，終於讓她們敞開心扉。

其中一位長得相當嬌小、有點纖弱的，大家都管她叫麻雀女士。另一位則比較高大，似乎永遠都有用不完的活力。

她們兩位都是虔誠的基督教徒。然而，朗格瓦先生很快便了解到，除了共同信仰之外，讓她們彼此更加靠近的，還有一件事，她們各自都失去過女兒。麻雀女士呢，幾年前，她五十歲的女兒被癌症奪走了生命。而另一位，活力女士的女兒呢，則是嬰兒時期就死於被延誤診斷的急性盲腸炎。

兩位女士都說一直沒從失去女兒的傷痛中恢復過來。

　　麻雀女士堅信，當離開人世的那天到來，她將在天國與女兒重逢，而後母女兩人就永遠生活在一起。

　　另一位女士則對復活堅信不疑；她的女兒、無辜的孩子，將會復生。她對於自己是否也能復活，老實說並不太確定，但這不重要，關鍵是她的女兒可以再活過來就好。

　　既不信上帝也不信魔鬼的朗格瓦先生——不，應當說他相信魔鬼，他甚至認為其實是魔鬼創造了世界，而上帝，假如祂存在的話，也只是在魔鬼之後才到來，為的是對種種損害進行徒勞無功的修復——微笑地聽著這些傻話。但很快他就得承認，對於兩位女士這些根深蒂固的信念，他無法全然當耳邊風。

　　而後，兩位女士都開始心繫著他，同樣地，對此他也不是無動於衷。她們因他的風趣言談報以微笑，也對他化學工程師的工作為何倍感興趣，此外，她們更悉心打扮。他甚至在她們急於討自己歡心的殷勤裡頭，發現了兩人彼此之間的

競爭。或許她們在嫉妒。那天，當麻雀女士牽著他的手走進餐廳，這手，即便她坐下後都不肯放開，另一位女士，相信女兒會死後復生的那位，向這對「情侶」投去了一道凌厲的目光。

日子一天天過去，朗格瓦先生覺得自己重新活了過來。復活？不，不需要說得這麼誇張。但他的確有走出墳墓的感覺，孤獨、喪偶、孩子們的離家、他同輩許多同事朋友的離世，這些曾一度讓他深陷於墳墓之中。這座遺忘之墓。

要來這處養老院之前，當有人跟他說：「那麼，朗格瓦先生，祝您永遠健步如飛、耳聰目明！」他自己是一個字也不信的，因為他的視力一直在變差，就連站也站不好——他甚至需要扶著衣櫥才能穿好褲子。

如今，一道微光照亮了他的日日夜夜。「她們還真是瘋瘋癲癲啊，這兩位女士，但，也多虧她們，我才能走得越來越穩，堅定地往前邁進。」

Un remède de cheval
一劑猛藥

　　這是個幾句話就能說完的漫長故事。今天我就一五一十地，重講那十多年前，在普里瓦市一家咖啡館的露天座上，一位退休獸醫跟我說的故事。當時我們兩人坐在隔壁，沒什麼特別的事好做，天氣非常炎熱，我們喝著相當清涼的白酒。客套地寒暄了幾句，「你是本地人嗎？」「不，我來這渡假的，你呢？」「我是噢，一直，或者說幾乎一直都是吧。」不知是白酒的效力或是那種想對陌生人傾吐的欲望，這位男士開始談起他的一生。

　　那年夏天，1935年前後，他跟著爸爸媽媽哥哥妹妹，一起到法國中部阿爾代什省一座孤立的老舊農莊渡假。出借莊園的親戚，自己也外出旅行了。對於一個小男孩、一個在巴黎柏油路上長大的孩子來說，這真是一場大發現。老先生回憶起這段時光來還彷彿歷歷在目。樹啊、動物啊、雞舍、牧羊犬，特別還有一匹

馬。他從沒見過馬，只認得杜樂麗花園裡的旋轉木馬……他靠近那匹母馬，墊起腳尖，直到可以輕輕地撫摸她的肚子。

對他而言，那次的假期別富滋味，跟之前往後的假期完全不同。總之令人難忘。

難忘的還有個突發事件。有天早上，他醒來後持續高燒、劇烈咳嗽、喉嚨痛如火燒，以至於幾乎無法說話。隔壁村的醫生，一位老先生，看起來十分親切但或許能力欠佳，說這是白喉於是開了劑血清給他注射。

「你知道的，在那年代，二戰之前，我們並沒有像今天這樣普遍給孩子們施打疫苗，白喉實在是一種很嚴重的疾病，特別是它還會傳染。當下，我爸立刻決定帶我回巴黎，留我媽我哥我妹他們在農莊。單獨跟我爸一起搭火車，沿途他都握著我的手，並且努力地不讓我察覺他的擔憂。這也是，一件實在難得的事。你無法想像當時我有多麼開心得意，儘管喉嚨裡著實仍像火燒。之前我一直認為──你知道小孩都這樣，總胡思亂想且深信不疑──我爸比較喜歡我哥。可這次，我才是那個被選中的兒子。」

「接下來的劇情是：回到巴黎的小公寓後，我躺在床上，狀況一直很糟，我的雙腳甚至無法動彈。它們僵死、癱瘓了。該不會，我之後就不能走了吧？我會一輩子殘廢嗎？」

「十多天後，下肢癱瘓消失了。」

「我所注射的血清——至少我所理解——是從馬血中製作出來的。老醫生曾鄭重地囑咐我父母：『這小孩康復之後，要非常非常小心，絕對不能讓他吃到馬肉。』」

「你或許不太相信，然而，好幾個年頭裡，這句囑咐、這道威脅，一直糾纏著我。在中學食堂裡，我曾極度害怕，會不會有人在我餐盤中放進一塊馬肉排，當我經過街角的馬肉鋪時，我也得強作鎮定才沒立刻奔逃到對街的人行道去。你可能覺得，這太荒謬了，沒錯我同意，這整個就不合理，但你知道嗎，一個信念、一個內在的信念，往往比理性更為強大。」

「最令我困擾的還是：當年只是孩子的我，如何能夠理解，這馬，曾經我在農場裡

頭，撫摸起來那般柔軟溫馴、眨著無邪雙眼的馬，竟會轉變成讓我殘廢失能的不祥之物？當然，那時我的小腦袋裡，還沒有一套這麼清楚的陳述，但總之，這個矛盾影像早就在了，整個深縈在自我的深處。」

為了擺脫這個影像，為了跟馬重修舊好，終於，我隱瞞了暗中困擾我的實際原因，說服了爸媽送我去上馬術課。他們會同意，因為從來我就不是個任性的孩子，而且在課堂上一直表現良好。

「馬術教練覺得我很有天份。我長得並不高，但很快地，我就能躍上一匹高大、漂亮、毛色帶著斑點的母馬，學會了如何跳過障礙。這匹花馬完全聽命於我。我很開心，渾身充滿自豪，特別是我終於擺脫了內心的折磨。」

「幾年後，我在一個碩果僅存的騎兵團服兵役。後來，戰車取代了軍馬。人們常說，進步永不停歇。然而，我的運氣卻沒在馬場那麼好了。我跌了嚴重的一跤，雙腿多處骨折，這也讓我日後一直輕微跛行。剛剛我走進咖啡館時，想必你一定注意到了。是，我有點跛，但絕非癱瘓！」

我問：「你後來成為獸醫？」

「是啊，這五十年來一直都是。啊應該說，到退休前為止，我一直都擔任獸醫。事實上，我真正想當的是醫師，更確切地說是小兒科醫師。照顧小朋友，守護他們的健康，找出他們的苦痛在哪，哎，多棒的一份工作啊！」

「但醫學系的訓練實在是太過漫長、艱難又昂貴，我爸媽很難資助我，更何況他們還得花不少心力操心我哥。於是，我轉而去唸邁松阿爾福獸醫學校，就這樣我後來成為了獸醫。」他微笑補充道：「當然，是在這阿爾代什省當的獸醫。」

「每當母馬生產，當看到剛剛出生的小馬，勉強用搖搖晃晃的四肢站起來，你無法想像我有多開心。每一次——天曉得我接生過幾次——都是我生命中最棒的一天。」

「不知怎麼的，我跟你一五一十說了這些。想想也沒什麼。」

Le handicap

累贅

　　這天，是頒獎日，也宣告著學年結束以及假期的開始。

　　我在畢峰中學門口等著嘉布里。他的母親因工作緣故不能過來，特別請我代替。「你去他肯定會很開心的」，她說。身為嘉布里的教父，我當然是很開心的。

　　學生陸陸續續出來，現場滿是等待的父母。一陣此起彼落的擁抱與道賀。

　　嘉布里走在最後一群出來的學生當中，懷裡抱滿了書。他囊括了國二班上所有的獎項，包括體育。從國小開始，他總是拿特優獎。

　　然而，他一點都不像他同學那麼開心，在我看來，他甚至非常地難過。這時我竟愚蠢地對他說：「你應該非常自豪吧。所有的獎耶，真是太了不起了！」他勉強回我一個僵硬的微

笑。之後我送他回家，過程中我們幾乎說不到兩句話。

我一直都很關心這個小男孩。他五歲時，父親就死於一場車禍——起因是，他跟最好的朋友打了一個愚蠢的賭，兩人在一條鄉村道路上比誰開得快。哪知車子過彎沒有成功，一頭撞到梧桐樹上，當場死得粉身碎骨。

車禍之後那幾年，嘉布里是在一群女性當中度過的：他的母親、外婆跟姊姊。我和他媽媽很熟，那時也常去弗圖尼路找她，有時我們會一起午餐。有次午餐，她問我願不願意做他兒子的教父？「他身邊一直缺乏男性」，她說。我猶豫了一下，不太能想像自己要去擔任一個替代父親的角色。最終，我還是同意了。她說得沒錯，嘉布里的身邊是需要一個男性。

我知道她從不在兒子面前談起她先生，我有理由相信她仍在生他的氣。有些親戚沒忘記告知她，她先生並非一個人在車內，身旁還有個年輕女生，只是她後來無大礙地從車禍中脫身。

驟然離世，接著又是長期的閉口不談，對於嘉布里來說，他的父親等於是死了兩次。

　　作為模範生、模範兒童。我在想，這個頒獎的早晨，嘉布里會這麼難過甚至失落，幾乎被自己的成功所壓垮，是否因為，所有這些作為獎品的精裝紅皮燙金書，缺少一個可以獻贈的對象？終究，我對他而言只是一個替代父親。是一種替用品。

　　當然啦，這總比什麼都沒有來得強。所以呢，我持續地關照他，找他去看電影，帶他走進文學的世界。甚至刻意地，早在他還不能考駕照的年紀，我有時就會把車子的方向盤交給他，像是為了化解那場悲劇的魔咒似的。

　　當他通過高中畢業會考後，不消說自是成績優異，我勸他接著去唸準備投考高等學院的預備班。這是個錯誤。他對這個課程並不感興趣，學年還沒結束前就離開了。或許是因為，在這個全由「班上第一名」所組成的班級裡頭，他很驚訝自己不再是第一名了。但我覺得另一件事也有影響：他真的是厭倦了，要去背負那種身為模範生、模範兒子的重擔，以及年復一年不斷積累知

識的壓力。這些擔子他實在是背得夠多了。於是，他以一貫溫和的方式，低調卻堅定地進行了一場反抗行動。

他離開了母親、外婆、姊姊、還有我這個替代父親，他離開了法國，隨身只在背包裡帶上了最基本的個人用品。以及，唯一一本書，凱魯亞克的《在路上》。

我後來就沒他消息了。只有他媽媽時不時會收到拉丁美洲寄來的簡短信件，向她報個平安。

他在那邊做什麼呢？我所知不多。他應該找了幾份零工來維持生活。以及——多年後我們再度碰面時，他才向我坦白——他喜歡上了「軟性」毒品，甚至一些不太算軟性的。

先前他要逃離、要到他方，這是一種尋找真正父親的方式嗎？我之前說過，這個死過兩次的父親，人生原本走在康莊大道上，前途一片光明，就像嘉布里，卻被一場突如其來的意外打斷。對於父親跟兒子而言，都是一個大彎......嘉布里也會過彎失敗嗎？他會「彎不回來」嗎？我很擔心。

回到巴黎後，他不再重拾學業。他以國小到高中時期那般的認真與專注，去學習木工。在那，他真是如魚得水。他喜歡把木材加工，喜歡這種親手做出來的東西。他原本可以靠這行維生，因為他做得太出色了——是啊，他總這麼出色......，然而，他並不想把所有時間全花在木工上。

他選擇去幾個照顧年輕殘障人士的機構工作。他很努力地傳遞給他們，之前他靠自己一點一滴學會的東西：一種從實作中獲得的知識，而不是傳授而來的知識。

之前那種學校強行灌輸的知識，正是他身上的累贅[2]。我在中學門口等他的那天，他看來像被獎勵他的書本重量整個壓垮的那早，他所感受到的，應該就是這分累贅。

嘉布里現在有了一個他深愛的兒子。

不久前有一天，我看到他們兩個，爸爸跟兒子，在畢峰中學附近，他們不是要去學校，就只是踩著活力的步伐，走著、聊著、笑著。

---

[2] 譯註：原文標題 Le handicap，法文主要有兩義，一指身體的殘障，另指在運動或遊戲競賽中，對強者所設置的「不利條件」或「累贅」，也就是下棋中常見的「讓子」。

看到這一幕真令人開心。

甚至我覺得，如果我跑去加入他們的話，就
嫌多了。

嘉布里不再需要我，不再需要一個默認的父
親了。

始終如一

　　盛大的婚禮、大場面的宴會、大牌設計師的婚紗、先生還是商務大律師，所有一切都是大的，然而，對於這位努力讓自己顯得耀眼的年輕女士而言，這些似乎有點太大了。

　　「我帶你去紐約，作為我們的蜜月旅行。」

　　在紐約華爾道夫飯店的豪華大客房中，她獨自一人。她的先生出去了，跟幾個重要客戶有約。「我可能要晚一點才會回來，你不如趁我不在，去走訪一下這座城市。」

　　她寧可等待，沒什麼想出去的欲望。前一天，她已經走得夠久了，儘管取得了一份紐約地圖，但還是迷了路。她沒有確切的目的地，然而所有擦身而過的人，都踩著堅定活力的步伐向前邁進，彷彿，他們都有重大約會要趕

赴，就像她先生。多麼忙碌，多麼嚴肅，多麼冷淡！

昨天她回到飯店後，甚至打起瞌睡來。於是今天，她決定再度出門，她厭倦了老是在等她先生，等那個甚至完全沒發現冷落了太太的先生。

路上，有個男人跟著她，搭訕她，挽她的手臂，說想帶她去一間小旅館。她答應了。

房裡，這男人的行為相當粗暴，但同時，他在耳邊的呢喃又如此溫柔。她達到了一種前所未有的快感。

出來的路上，男人問她，依舊輕柔地：「明天你還來嗎？」她沒說好也沒說不好。

她對這男人一無所知。他究竟來自墨西哥、波多黎各，還是另一個國家？她沒問。甚至其他的，她也完全沒問。這男人他出現了，如此而已。

然後，他們分開了。

回到豪華飯店時，她先生在。這次輪到他等她了。「你好像有點不一樣」，他說。「大概是沾染了一些紐約的氣息吧。」

有一晚在巴黎，我們一起用餐，就我跟康絲坦兩人。她喝多了點，跟我坦誠了在紐約的那段豔遇。「那是唯一一次我......」，她說。

她沒說謊，不愧名為康絲坦[3]，面對著擁有許多重要約會而忽略了其中最重要約會的這個男人，她依舊，表現得如此忠誠。

---

[3] 譯註：Constance，一字雙義，既為主角名，亦為文章篇名，表「始終如一」。

哈斐爾的不安

　　他長得並不特別俊美，但沒人在意，別人不會他自己也不會。他深具魅力，這點他很清楚，同時他也知道怎麼運用這股魅力。女人們都對他很有感覺，他被當作大眾情人，而男人們都羨慕他。

　　女人一個換過一個，可說是他的人生宗旨。

　　然而，令朋友跟他自己都大感意外地，他竟戀愛，**墜入**了情網！他確實有那種墜落感，掉落在某塊未知大陸上。對他而言，這是一種全新體驗，滋味既甜美卻也令他十分不安。

　　跟這女士在一起，他感受到慾望之外、甚至是愛情之外的另一種東西。她與他都被一股無法控制的力量所淹沒，這股力量席捲而來，就像一陣海浪將他們送向汪洋大海。

生平第一次，哈斐爾認識到甚麼叫「激情」。

　　女士這邊呢，則整個就是恐懼。拉住她不致於陷入這股激情的，部分原因是——但僅止一部分——她仍與另一名男士保持聯繫。其實從好幾個月前，這名男士就已經不是她的情人了。但她還是無法下定決心完全地離開他。徹底離開對她而言是不可能的。分離，對她而言一直都是不可能的。

　　過去，在一段漫長、十分十分漫長的日子裡，她都待在某個男人身邊，過著乏味低迷的生活；但她還是沒有離開，必須要到有一天這男人主動離開她，否則，她就會永遠跟他在一起，注定要無聊、要孤獨下去。

　　哈斐爾常為這女士的態度動怒。一會兒，在他們交會的情慾強度裡，她全然屬於他。一會兒她又疏遠，不肯見他，然而不出幾天，她又回到他身邊。

　　他不是沒有考慮過要離開她。離開，對他而言畢竟是熟悉的。他身邊從不缺少另一名女

性，來填補分手後前任所留下的空位。愛情從來就不是為了要天長地久。

但真要離開這位女士——就稱她諾艾米吧——這可能會讓他十分痛苦。而痛苦，畢竟不是他的選項。一直以來他總能保護自己免於痛苦。

哈斐爾向我吐露了他的慌亂：有必要結束這段愛戀激情嗎？或者，應該懷抱希望等待諾艾米，等她下定決心揮別過去？揮別這段近期的過去，同時也離開那段遙遠過往、她的童年時光？顯然，她拒絕待在一個摒棄過去一切的固定位置上，彷彿暗中希望時間靜止不動。

哈斐爾依附著一個不知道自己想要什麼的女士。而依附於一個帶著不確定性的女士，這日子可不容易過。

我們不想要靠不住的母親，那種突然消失又突然出現、由我們不清楚的力量所驅動的母親。我們不想要時有時無的母親，不想要心中埋著未知的母親。為什麼她們不向我們保證：「你在這，僅僅是存在、僅僅只是在場，對我

來說就夠了、讓我完全滿足了。不管你希望多久，我都會一直在你身邊。當有一天你覺得需要離開，你儘管離去，不要有任何愧疚。別怕，我絕不會棄你不顧。縱使不在場、縱使看不見，我隨後就到。」

　　靠不住的諾艾米。靠不住的哈斐爾。

天橋與十字路口

　　克里斯帝昂‧隆貝赫正準備著住院醫師甄選。而克里斯蒂安‧拉珂瓦則是同一所大學醫學中心醫學系二年級學生，一個比同年級同學都更為年長認真的學生。對她而言，順利通過各項考試更形重要，因為大學聯考之後，她就得先輟學去當秘書謀生。她離婚的父母都無法資助她。終於，她存了一小筆錢，在二十四歲那年，開始進入醫學系就讀。

　　實習期間，她認識了克里斯帝昂。而他也注意到克里斯蒂安，對於她的認真態度與學習欲望格外有感。她有著一頭烏黑長髮、淡褐色皮膚以及寶石綠雙眼。在她身上有某種東西，他不太知道那是什麼，令人想起童年：那種純真、小朋友的好奇、一絲脆弱、以及天真無邪。

　　有時，離開醫院的時候，他們會一起走一小段路。他們都住莫貝廣場旁同一區，兩人也都

取同一個名字。「你叫做克里斯蒂安，而我是克里斯帝昂。我們兩個甚至就住隔壁，我們天生就注定投緣的」，他挽著她的手說。

春日裡有一天，他們沒走平常的路線，而改走藝術橋。有個路人，在錯身而過時對他們報以微笑，說：「哇，情侶耶！」他們並未親吻，只是手挽著手走路，像兩個朋友，如此而已。

對他們來說，這聲「哇，情侶耶」是一種揭穿。他們所不敢承認的，在旁人眼中看來是如此明顯。

這幾個月來，克里斯帝昂正與一位複雜女士有了一段複雜的愛。他愛上了她，近乎瘋狂地。但他心裡總沒個譜：有時，她給出了一些無可否認的愛的證據——在他看來無可否認的——但有時，她又給了他另一種證據，百分之百地無可否認，她並不把他放在心上。在他之前，她已有過其他的男友，在他之後也該還會有，甚至此刻，她也許就同時有著另一個情人。他很惱恨如此依附這複雜女士所給出的斷斷續續、依附這位難以預料的女士、依附著這個遁逃的生命。他也惱恨被她所吸

引、無法成功擺脫她、不可抗拒地被她誘惑。是的，她就是他的烈愛磁鐵。他惱恨，但完全無能為力。儘管他心底清楚，最好在她提分手之前主動離開她，然而無奈還是被牢牢吸引住。

然後接著，就到了藝術橋上那天，其實他更喜歡稱它天橋，因為這座橋只准行人通過。那時，另一位女士人正在加拿大，她說——但這可能是另一個謊言——是雇用她的公司派她去的。因著兩地相隔的距離——加拿大，夠遠的了——克里斯帝昂感覺自己像被釋放了，他大口呼吸著，他得以重新享受去品嚐生活裡頭最最尋常的事物，還有照顧他人的快樂，而不是牢牢扣住自己無法治癒的愛情痼疾。

跟克里斯蒂安一起，每件事情都變得單純、變得清澈通透！詩人阿拉貢說，世上沒有幸福的愛情，他錯了，幸福之愛還是存在的。

三個月的缺席後，那位難以捉摸的女士回到了巴黎，再度見到了克里斯帝昂。她很快地發覺他變了，她開始起疑，而克里斯帝昂則向她坦承，並以一句老套公式作結：「我遇見了某個人……。」她要他抉擇：「是她，還是我？」

她投入他的懷抱，給出種種愛的明證，這次千真萬確地無可否認了，她愛他，甚至告訴他說，他就是此生唯一。

他做出決定，相當羞愧地，與克里斯蒂安分手。在他告知他已經與另一位女士復合的幾天後，克里斯蒂安在住家附近，沒有注意到聖雅克路與學院街口的紅燈，猛烈地撞上一台汽車。她受了傷，說不上什麼嚴重，但還是在寶石綠的雙眼附近留下了數道傷口。她的媽媽，一直都知道他們的感情關係，通知了克里斯帝昂：「她跑來躲在我家養傷」，並暗示分手之後就乍然而至的車禍，或許並非純粹巧合。她並未責怪克里斯帝昂，但這只讓他更加自責。

故事可以停在這，但命運另有安排。幾年後，已是科主任的他，再度見到從醫學系順利畢業、在隔壁科別任職的克里斯蒂安。她告訴他，她已結了婚、有了兩個孩子。他注意到，在她寶石綠的雙眼附近，一直有道疤痕。而他卻沒跟她說，另一位女士甩掉了他，那位難以捉摸的女士。然而，在所有人眼裡，除了克里斯帝昂自己之外，這結局倒是不難捉摸。

各自不同的專業生涯，讓克里斯帝昂與克里斯蒂安兩人漸行漸遠。他的心裡始終有她，無疑地，她也如此。

後來，她生了一場重病。巧合的是——這還是巧合嗎？——她在他主管的部門裡頭接受治療。為了治療她，他傾盡全力，然而她的病是無法治癒的。

同樣地，他的心病也是無法痊癒的。他不停問自己：「為什麼？為什麼當我們的人生在天橋上交會之後，我要離開她、離開我親愛的克里斯蒂安？為什麼？在聖雅克路與學院街的那個十字路口，不是個綠燈一如她寶石綠的雙眼呢？為什麼？我要跟著另一位女士踏入死胡同，而不是跟克里斯蒂安在一起，畢竟那時幸福的幼苗就已初現了呢？」

La foire aux vanités

浮華世界

　　歐赫良・達蒙，那年二十五歲。他的第一部小說剛問世，書名《我等你》。這不是個嶄新的標題，他承認，不過書名相當適合他：他等待成功，他等著與夢寐以求的女人相遇。

　　初試的啼聲是嘹亮的：他獲邀參加一個當時著名的文學節目。他並未表現出擅長推銷自己，他語焉不詳，而其他的來賓，這類節目的常客，則明顯地如魚得水，毫不費力讓人交替地歡笑與感動。不過，單就「上電視」這件事，成效是接下來幾天，他的書被陳列在各個書店的櫥窗裡。也因此，他，以及其他更知名的作家，被挑選出來代表出版社參加書展。他洋洋得意，機運對他報以微笑。

　　於是，他就這麼面對一張小桌坐著，桌上，堆滿了一本本他的小說。幾個參觀者停下來，翻開書，瞄一眼封底的簡介，一言不發就離開了。

他不僅失望、羞辱，他還感覺自己像個妓女，搔首弄姿來吸引顧客，但顧客繼續行進，走向另一個妓女。而另一個，這一天，是他鄰座的夥伴，一位暢銷書作家。他簽書一本接著一本：「謹致上真誠的敬意」、「謹致我由衷的敬意」。若輪到一位女讀者，他甚至還寫上：「獻給薇若妮卡……」或「獻給凱瑟琳……」（女士們都只報出屬於她個人的芳名）「……我將永遠記得您的微笑。」用這般的題獻辭，他確定，她們將永遠忘不了他，她們一定會買他的下一本書。有手腕的男人。排隊簽書的人龍愈拉愈長。

暢銷書作家企圖對倉皇無援的年輕作家馳援：「您的小說，在講什麼？」「愛情，一段結局悲慘的愛情。」「這樣的話，我祝您的書，有好的開始，也有好的結局！」是鼓勵、或是諷刺？歐赫良只聽見諷刺。

他一直坐在椅子上，面對他那一整疊書。有個年輕人買了一本。時光流逝，該是要把位子讓給下一位作者的時候了。他正要離開時，有位參觀者問他：「對不起，請問您知道廁所在

哪裡嗎？」這太過分了！歐赫良離開會場，發誓從此不再跨入書展一步。

然而，他重入會場還不只一次。每年，他的書，好評不斷成長，排隊的人群也持續拉長。在鮮紅的書腰上，寫的不再是「首部小說」，而是大寫字體印著「歐赫良・達蒙」，沒幾年後，登峰造極的榮耀，僅僅印上「達蒙」……一如「莫迪亞諾」、一如「勒・克萊喬」，這兩位諾貝爾文學獎得主，一如「基涅亞」，龔固爾獎得主。

他緊盯著銷售量數字。五萬冊、十萬冊，這值得高興，這足以讓人嫉妒。不過，歐赫良是個永遠不滿足的人，或除非，是個滿懷驕傲的瘋子：五萬本、十萬本，算什麼呢？如果我們想想，至少他是這麼想，地球上有七十億人口！實在不算什麼。浮誇的浮誇，虛空的虛空。每兩年，殫竭心力地「孵出」一本遠遠不如他首部作品的暢銷書，有什麼意義呢？

他決定他將放棄寫作。他把最後一篇文章交給一家名為《曇花一現》的期刊。期刊名稱的選擇，想必已預見了它生命的短暫。事實上，它也很快就消失無蹤了。

幾天前，我遇見歐赫良‧達蒙。我曾經看過不少他的照片，我立刻認出他來。他從一家只賣玫瑰的花店走出來，手裡捧著一束花，我看著他嗅聞玫瑰的香氣，那些僅只綻放一個早晨的玫瑰。他顯得心平氣和。

La comparaison
比較

　　白亞諾剛開始以精神分析執業。他先花了六
年在躺椅上，又花了六年勤奮地參與讀書會、
專題研討，然後完成兩個案例督導的認證，簡
單說，已經跨越了同儕所謂「特戰體能訓」的
種種障礙。在他所隸屬的學會裡，這叫「結
訓」。這一刻終於到來，他能夠，總算輪到
他，去迎接準備找他進行分析的病人了。

　　說他診間門可羅雀，也不算誇大其詞。然
而，一切都已經就位。他買了一張躺椅，相當
長，讓高的人也能伸展，又不會太長，瘦小的
人也能適應，椅墊相當結實，讓病人不至於舒
服到在上頭打盹。他替自己買了一張舒適的扶
手椅，同樣也沒有太舒適：固然，他的注意力
應該要「懸浮」著，但也不能浮進了夢鄉。

　　牆上，掛著幾幅陰鬱的版畫，以及，為了要
顯得大方、帶來希望，還有幾幅色彩豔麗的
畫。

在一個不大的玻璃門書櫃的列架上，擺著佛洛伊德全集，但是，為了要含蓄地展現他不只是一個正統的佛洛伊德信徒，還有小說、散文、詩集。

的確，一切都各就各位，都精心規劃過，在亞諾的診間裡。

在焦慮等待病人時——他拒絕用「顧客」二字——他想到拉畢煦（Labiche）一齣戲中的人物，確定是拉畢煦的戲嗎？那人也是，不耐煩地等待著鈴聲響起。

門鈴始終沒響。

於是，當一位身經百戰的分析師，「候診名單」很長的分析師——在那個年代，這紙名單的分量就是知名度的表徵，誰能亮出最長的名單，誰就有最雄偉的陽具——於是，當這麼一位聲名顯赫的分析師，轉介給亞諾一位電影導演，鼎鼎大名的導演，他同時喜出望外，又擔心無比。

他知曉拉岡的名言：「分析師的授權，只來自於自己。」他早已把這信條當成他自己的說

法。然而，在他準備好要接他的病人這天——不再有人督導他——他完全不感覺有被授權，更不可能被自己授權。盤踞他心頭的，是一股偽冒的感覺：「我有什麼資格能佔據精神分析師的位子，他有什麼資格當病人？我們倆反過來還差不多。」

那人出現了——年齡比他大許多——立刻讓他很有好感。「小心哪，」他的兩個督導都曾說過，「別輕易相信你的情感。你所該關注的，你所要分析的，是你病人的精神官能症，除此無他。你覺得他們和善也好、熱忱體貼也好，甚或他們令你有反感，即便是難以忍受，這些都不該列入考量。你不是要去了解，你是要去分析。」分析，分析，他們嘴邊就只掛著這個字。

「我的電影十分賣座，影評都對我讚譽有加。」光這麼一句宣示，就足夠激起亞諾的羨慕：他也曾試過寫小說，但沒有出版社肯收。只有幾封回信還算，相對而言，相當地相對，還算是一種鼓勵：「您所寫的，可說是，我對您就不拐彎抹角了，是次級的莒哈絲。」另一位主編說：「是次級的莫迪亞諾。」永遠都是**次級**。這些信就會讓亞諾惱火：「這算什麼？

什麼都要比較的強迫症嗎？那當然，要比起來，當然是我吃虧，我在他們**之後**開始寫，在好幾層書架的下面。」

幸好，從第二次會談開始，電影導演就盤點他的失敗，這不免撫慰了亞諾。「我上次對您說我片子曾經大受歡迎，沒錯，但最後一齣卻很慘淡，而那是我最喜歡的一齣，然後，從那之後，我就故障了。」

不過，就像他得立即重新振作，他述說他和一位知名女星的愛情故事，亞諾夢幻的絕麗佳人，她正代表著遙不可及的女性。

於是，羨慕又回來了；羨慕以及，隨之而來的，比較：「這拍電影的傢伙——他，他把夢想搬上舞台，我，我只能原地做夢。——他到底憑什麼能誘惑那些最美麗的女人？他長得甚至不帥！到底他有什麼我沒有的？」

更令他不是滋味的，是這個男人絕無任何理由去羨慕他，他，白亞諾，一個剛起步的分析師。

最初的好感轉為慍怒，亞諾不耐煩地觀察到他的病人不認真投入，他既不陳述夢境，也不提及童年，完全不去記憶中尋找什麼——他有一份記憶嗎？——而他，他可是這樣忍辱負重過來的。本該「聯想」的，本該放任意念與意象奔流的，電影導演卻只滿足於他驚濤駭浪的愛情故事，還有緬懷他成功的過去時光。「我和他不一樣，」亞諾對自己說，「我揭露了我的缺陷，我沒有掩藏我的創傷，我甚至把我以為癒合了的傷疤重新挖開。我，我有按照遊戲步驟來，而這並不是一場遊戲。我曾經在躺椅上臥薪嘗膽，我。」

這麼對自己說，他又占了上風，但並未因此停止比較，不論是比優勢或者劣勢。

他花了很長一段時間，才把他所經歷過的某個情境，與此相提並論：兄弟之間的匹敵。

他最早的好友名叫奚世恪。他們在高中教室內相逢，學期末的獎項，都由他們包辦。世恪的數學和理科比較強，亞諾則是國文和英文。表面上是平手。然而，亞諾永遠覺得是第二名，第一名的位子，總被世恪佔據。

然後，兩個好友共同準備高等學校的入學考試。世恪考上了，亞諾的成績，只能選另一所退而求其次的名校。

　　世恪在行政機關裡平步青雲，亞諾花了不少時間才找到自己的路。第二名，第一名......

　　沒錯，但世恪沒有小孩。他太太是個重度的歇斯底里，一個專搞狀況的女人，讓朋友都避而遠之，亞諾卻有一子一女，太太很單純地滿意自己、滿足現況，個性溫柔又開朗活潑。

　　他還在比，他一直比。

　　世恪卻英年早逝了。電影導演仍在躺椅上分析，雖中斷過一小陣子，而亞諾理應要「引導」的「治療」卻毫無進展。

　　此際，隨著世恪的過世，發生了奇怪的事：亞諾停止和他匹敵的好友相比較，同時，他也停止和他的病人相比較。

　　然而，他並未因此擺脫比較的惡魔。他自己和自己比較，而結果，很少是他佔上風。

他將永遠覺得自己是一個偽冒者、一個竊奪者，那個佔據著別人位子的人嗎？而即便在他的診間裡，一切——躺椅、扶手椅、版畫、藏書……一切都已各就各位？

Méconnaissable

面目全非

　　七○年代末期，我剛搬進維訥爾街。偶爾，我會與某個人錯身而過，我無法確認他的身份，但卻知道我認識他。他從銀灌木咖啡走出來，步履略為顛簸。他歪歪斜斜戴著頂小帽子，褲管皺成一圈一圈，不修邊幅，他的神態裡，同時帶著點可笑與可悲。

　　不敢相信，真的是他！勒胡──三十年前，是我念索邦大學的教授。不好惹，勒胡，他可一點也不好惹。當我必須到他面前，通過學士學位的一項考試，我無法施展，其他考生也是，因為他太喜歡惡整學生。我們都知道，在大學教職之外，他還是一位馳名的精神分析師，這讓他更令人生畏。

　　而如今，我遇到一個讓人想對他伸出援手的人，一個過去如此猙獰、挖苦時如此迅捷的男人。

他仍以分析師身份執業嗎？我向他所屬的精神分析學會徵詢，答覆是肯定的。

這是個我始終困惑不解的奇特現象。病人已經清楚察覺到他們的分析師生病了，或記憶衰退了，或罹患重聽了，或開始講述他自己的人生、透露他的幻想——還什麼呢？——或者甚至，我聽人講過，開始哼唱來自他童年的歌謠，病人什麼都不願知道，彷彿他們試圖不計代價地漠視他們的觀察，來保護分析師。

想必，也是保護他們自己。「不，他沒有酗酒；不，他沒有失智；不，他還沒有臨終。」這個『他』，是一個『我』。

在銀灌木的立座旁，我鼓起勇氣靠近勒胡。

「我是您很久之前的學生。我猜您不記得我了，但我一眼就認出您來。」虔敬的謊言。

「認得，認得，我記得你。」然後他講了一個名字。那不是我的名字。

我們一起乾了一杯，並且互祝假期愉快。他走出咖啡廳。這一回，他的帽子，不再戴反了。

Se déplacer

何去何從

　　他一刻也停不下來。但**他**，他是誰？無庸置疑，正因為他不曉得，所以他無法停留原地，為著也許有一天，能發現他是誰，究竟是誰。

　　多年以來，步著他雙親的後塵，他當古董商，他的顧客遍佈全球，他賺了非常多錢。他跑遍外省的城鎮，參加拍賣，提出的收購價，總遠高於拍賣官宣布的金額。他不讓其他感興趣的收購者有機會加碼喊價。動作必須要快，永遠都很快，才拿得到想要的那一塊。同樣的策略，在遺產繼承時，當死者的家屬在猶豫、在爭執：快！拿出支票簿，打斷一切的爭論，離去時，他的小貨車載走幾具諾曼第老衣櫥，美國人的最愛，幾幅小有名氣的大師的畫作，家屬以為毫無價值。這些傢俱、這些畫，他出售的價格，遠遠高出收購價，相當合理的收購價。

他一切的藝術就在此：立即做決定，不給賣方討價還價、交涉的餘裕。不管生意談不談得成。沒有時間可以浪費。阿爾班，是個很忙、很急的人。

突然，他受夠了古董的交易買賣。他買下一艘船，一條華美的輕帆船，帶著環遊世界的意圖，雖然，他僅侷限於地中海的航行。一個月之後，他把船賣掉，比買來時更貴一點賣掉。永遠都非常有效率，這個急忙的人。

我忘了說：他很年輕就結了婚，兩年之後離婚。他們不再碰面，決計不能與她再續前緣。他們短暫的共同生活，照他的說法，是一片地獄。

他渴望著安詳：暴風雨過後，寧靜。他遇到一位女士，在勃艮第經營一間鄉村民宿。他決定去那裡安頓下來，在那裡當一個恆久的寄宿者。這位女士美麗又聰慧——兩種優點有時也能並存——對他萌生愛意。無疑地，她對於這個躲藏在永恆微笑底下男人的脆弱，無法不動心。她愛他。而他呢？他非常在意她。

影射他那幾個月的航行，我對他說：「和艾瑪在一起，你找到了你的停泊港。」——「對，你說的沒錯，我可不想離開艾瑪。」

　　這個港灣，這個女人，終究他還是離開了。在鄰鎮的市場上，一個水果攤前，他和一位過往的顧客四目交錯，和他同樣不安定、同樣有魅力的女人。永別了鄉村民宿，永別了恆久寄宿。

　　兩個不安者、兩個誘惑者的戀情，維繫了兩年。就長度而言，對於雙方，都已經很不錯了。

　　他又重拾古董商的行業。重新，他又賺了很多錢，重新，他又倦怠了，重新，他又出海，不過這一次，他安於租賃一艘帆船，租期一年。是否他開始意識到，一個接一個的著迷，本身就是無以為繼的貧瘠？有位女士登船與他同遊，是那個不安定的女人、或是另一個？我就不曉得了。但總之，他很快就失去耐心，到了雅典的外港，他請她下船。

　　當他回航馬賽，有個怪念頭攫取住他。我不該說怪念頭，因為他將全副精力都投注於這個計畫，而他的精力不容小覷。他以志工的身份，成

為監獄的探訪者。每一天，他都去馬賽的波美特監獄。他尤其被重刑犯所吸引。無法停留於原地的人，對於被迫、注定要停在原地的人，萌生油然的熱情。

那裡，在這所監獄裡，他尋得他的志業。整整一年後，這段經驗宣告終結。並非他的所願。典獄長傳喚他來，向他指出，感謝他對於受刑人的命運所奉獻的熱忱，不過，他展現出過多的同理心：「您也許忘了，他們是重刑罪犯，殺人兇手，往往還是屢犯。」

於是，他又回到經營鄉村民宿的女人身旁。她願意重新接納他，或者比較像寬容的母親，包容一個好動小孩的任性、一個青少年的逃家。因為這男人，是個孩子，是個不溫馴的青少年。此外，他也不會變老。儘管早已超過五十歲，他仍擁有著相同的青春模樣、青春神采。

關於他，我常自問：為什麼他固置於向前？他逃避什麼？還有為什麼，在兩次出發之間，穿插著向後的回首？我想起來，某一天，他曾經對我說過，不經意，幾乎仿若一個毫不重要的事

件：他母親在他十歲那年過世。死亡的母親，死者的位置，是永遠不會動的。

　　他現在如何？我完全不知道。每當我想起他——我也是，我也覺得他親切——疑問揮之不去：為什麼，他從沒找到他的位置？而這個疑問，還可加上另一個：為什麼，我們，我們如此在意要佔據一個位置？

Un homme d'autrefois
過去之人

　　他從父母那兒繼承到一座美麗的屋子，環繞著林木蓊鬱的庭園。那是一棟在十八世紀最末幾年，由一位頗有聲名的建築師所建的房子，他是說一間「鄉下小別墅」，而鄰近村落的居民，則浮濫地稱之為「城堡」。

　　在草坪上，我說的這個人，種了一株栗子樹，在他兒子亨利誕生時，然後就在旁邊，又種了另一株，當他女兒伊麗莎白出生。這兩棵栗子樹，是兄妹，第二棵的擎天之勢，只比第一棵略少了一點點。它們的枝葉交錯。

　　該屋的主人，雖然稱不上窮，卻也沒有足夠的財力進行翻修，讓「城堡」能有些微的現代化。那兒，晚上仍點著煤油燈，還得極其小心，不讓燈芯滑脫，他們用木柴取暖，雨水接在儲水槽裡，再裝滿一個個小水桶，他們用冷水洗浴。

有再好的條件，他也不願割捨他的家。舒適欠缺到這種地步，他像是無動於衷。對他，僅有一件要緊的事：房子要維持它在將近一個半世紀之前興建的樣子，傳到他手中的樣子。

偶爾，他走到庭院的樹籬邊，他對我說──我才五歲：「小朋友，你看，那是小碉堡被拆掉了。」因為他瞥見遠遠有兩棟新房子剛從土裡冒出。或者，夏天，當他帶我走入鄰近的小樹林，他對我說：「孩子，帶好你的水壺。」彷彿我們要去原始林探險，有渴死的危險。

這個人，是我的祖父。

關於他，我所知不多。他過世時，一則為他所寫的簡短生平事蹟，讓我曉得，他曾是封丹中學的高材生──大詩人瑪拉美曾當過他的英文老師嗎？──而後，是憲章學院的傑出校友，他曾在一段短暫時光內擔任過大使秘書，但他並無仕進之心；第一次大戰期間，他曾在《論戰報》上撰文謳歌祖國，還有，特別是他對聖女貞德的熱情，為此主題寫了幾本小冊子。

他的另一樣熱情是詩。他過世後，他的遺孀虔敬地集結了他的詩篇。並非什麼獨樹一格的詩，大部分抒寫的，是他的房子、他的庭園、四季的更迭、水仙、風信子、鈴蘭、與落葉的季節；某幾篇，是拉雪茲神父墓園，他最終歸葬之處。詩集的標題是：《時間之鏈》。

當冬天時，他來巴黎辜塞爾街住處探望我們，我母親總儘快溜去躲起來。她嫌他非常無聊。於是，他便與我這個小男孩獨處。我很喜歡他，「大爸爸」。我感覺他很老。他的雙頰凹陷，他的面色蠟黃，他臉上的皮膚滿佈皺紋，他細緻雙手的皮膚則散佈著褐色的斑紋，一股特殊的氣味，這一切應該讓我想起死亡。

當然，當時我並無法這麼告訴自己。

即便今天，縱使我對他認識極淺，我仍對這位過去的人懷有一份特別的溫情，這個謙沖的人，毫無野心，熱愛詩歌，不在乎自己的詩是否有靈韻。

我早已超過了他逝世的年齡，七十歲。當我凝望一幀我保存著他的照片，我看見，坐在一張擺在屋旁的花園扶手椅裡，一位很老的先生——暗色西裝、領子破裂——而當時是夏

天。在那個年代，男人很早就有老頭的模樣。

然則今天，人們努力避免顯得老氣，藉以逃脫

時間之鏈！

Oreste

噢！留著

我極願相信，幾乎在我每一本書裡，都有提到他，他，彷彿我必得重提我所保有的他的形象與他的回憶。

姓名：歐留斯特——品種：可卡犬——顏色：深黑——目光：憂鬱——耳朵：下垂，並未常保潔淨——特徵：具備一切的優點。

那是在大戰德軍佔領期間。那年冬天，非常寒冷，夜裡在床上，我裹著三條毯子、穿著兩件羊毛織衫睡覺。大家都餓肚子：食物得用糧票去換，吃蕪菁甘藍代替馬鈴薯，喝稀釋調味醬汁取代咖啡。偶爾，我會搭火車到巴黎西南幾十公里外的農業區取得一些羊乳酪，運氣好的時候，還能帶回十幾個蛋。艱苦隆冬，一如作家雷蒙葛諾的小說標題。

某天，如同一道陽光，有位遠房親戚送給我們兩隻小狗，一對姊弟。我哥哥和我剛接觸到希臘悲劇，我們立即替他們取名為歐留斯特（Oreste）與艾蕾特拉（Électre）。艾蕾特拉是個逃家的女孩，她離開後沒有留下地址。我想像，別問我為什麼，她被前往俄國戰線的德國士兵收留，成為他們的吉祥物。

　　歐留斯特，他，則留了下來。十年之間，他和我，我們寸步不離。戰後，當我出發去旅行，我總帶著他。我去尼斯的高中任教，白天上課期間，他在我房間裡等著我。

　　今天，他死後的五十年，從沒有過一週、一月我不曾夢見他。夢的權限是什麼，若非讓消失者、那個消失者歸來？用重新現身來抹滅消失。

　　有一晚──當時歐留斯特仍是活蹦亂跳的──我做了這樣一個夢：他在我工作的房間裡走過來又走過去，如此表露要出門的需求，我對他說：「再等一下，等我工作做完，然後我們就出去散步，我保證。」而他回答我，有點咕噥的語調：「我才不相信。」

這個夢讓我滿心羞愧，彷彿道出了往後一切我無法信守的承諾，一切我無法滿足的期待。

另一段回憶，則非一場夢。那一年，我住在巴黎西堤島上，新橋旁邊一家小旅館的房間裡。歐留斯特一躍跳上新橋的一張石椅，衝勁太強，就翻落塞納河冰冷的河水中。若他跳上的是旁邊那張椅子，他將掉在河岸路面，摔得粉身碎骨。

我全速衝下通往橋另一邊河堤的階梯，而我看見歐留斯特正勇敢地順流泅泳。我喊他，他聽見我，我把他抱入懷裡，上樓回到房間，替他擦乾。我從沒那麼高興過，我從水裡把我的歐留斯特救回來。

還有一個無法令人驕傲的回憶：參觀完一座南法小村莊的教堂，我回到車上。直到開了幾公里後，我才瞥見歐留斯特並不在後座上。我忘了他，遺棄了他，而他從不拋棄我。我開回村子裡。他就在原地，有些迷失、有些驚慌。重逢的喜悅。

之後我們再也沒分開過。證據：他永遠現身於我夢中。他向我喚起他，我呼喚他。我們又重新在一起，死去的他與活著的我。

當我在一位精神分析師的躺椅上，並提及歐留斯特時，作為一個忠誠又盡責的被分析者，我試圖找出為什麼他反覆不斷地回到我夢中。與他名字有關嗎？歐留斯特是艾斯區洛（Eschyle）悲劇的主角，他要為父親阿加曼農（Agamemnon）報仇，以至成為殺害自己母親克綠坦涅絲塔（Clytemnestre）、及其情夫艾吉斯特（Égisthe）的兇手。但這與我自己的伊底帕斯情結搭不怎麼起來呀！

到相當晚，在我分析結束後的若干年，我才認為找到了正確答案。不，我並未將自己認同於復仇者歐留斯特。在這名字裡，我聽見（的，是法文的諧音）「噢！留著」，文法中人稱的呼格，「留在我身旁，不要拋棄我」，一如我早逝的父親曾拋棄了我。更廣泛來說，這聲呼喚，對象是一切曾棄我不顧的人，男男女女。

在南法小村的廣場上，我曾遺忘、遺棄了我那帶著憂鬱眼神的可卡犬，罪人是我，是我棄他不顧，並摧毀了某個像盟約一般的東西。

而之後，我為了一個女人又棄他不顧，因為她終於受不了狗兒恆常的在場，包括我們魚

水之歡的時刻。我把歐留斯特託付給一位朋友。幾個月後，他就死了。

在我哥哥與我仍是孩童時，我父親習慣說，當我們必須在他車子後座坐好，他總說：「上車，小狗們。」我哥哥毫不欣賞被比喻作一隻小狗。至於我，很奇怪，在這句「上車，小狗們」裡，我則嗅不出任何垂憐或鄙夷的痕跡，我感到的是親暱的標記。「跟著我來，我們出發去旅行，我們三個人。」

在小村廣場上，我竟忘記了，無法寬宥的錯誤，忘了對歐留斯特說：「上車，我的小狗狗。」我未曾對他說：「留在我身邊。」你保護我，我保護你。在一起，就沒有帶著威脅氣息的事會降臨我們頭上。我們去旅行，你留在後座，我在前握著方向盤，我們將跑遍全法國，甚至，誰曉得呢，義大利、西班牙，而且，別操心，你會有一頓好吃的晚餐。他總該不會回答我說：「我才不相信。」

喜怒無常

　　我覺得她何其地美，她何其吸引我——
古代的體液心情論！

　　理論教導我們什麼呢？體液，共有四
種——血液、黏液、黃膽汁、黑膽汁——正
如自然的四大元素，水、地、風、火。於是，
我們的身體和宇宙共鳴。儘管今天認為它過時
了，這套理論還教我們，體液是流動循環的，並
無定所，若我們無法加以調節，所謂的「良韻
律」，它們將是靈魂疾病的成因。

　　我們天天都能確認：我們心情，就像天氣一
般在變化。有多少本日記足以見證，它們是記錄
我們內心的氣象。

　　體液有四種，好。但它們之間，有多少過
渡階段、有多少層次。種種層次，一如光譜的色
差，一如天空的變幻，不侷限於蔚藍天青或完全
黑暗。

我並不喜歡晴空萬里，更不喜歡低沉的天空，陰霾到變成一面蓋子。我喜歡多變的天氣，微微細雨、雨過天青、狂風暴雨、雷電交加。

　　我不欣賞脾氣始終一致的人，不論是一直好心情、壞心情，永久的開朗或永久的陰鬱。

　　人生的際遇，使得我在最近的日子裡，聽到兩位朋友向我傾吐他們的情緒轉變。

　　關於艾德嘉，日子是這樣過的。當他早上起來，儘可能地晚起，他的脾氣是想砍人的（這是他用的字）。世界是糟透了，充斥著笨蛋、無恥的野心之徒、卑微的傢伙、兇暴的人。還不如繼續躺著，迴避這一切的喧囂、這一切的煩躁。

　　在這殺戮的遊戲中，他也不饒過自己：「我的人生毫無意義，微不足道。我把時間都花在裝樣子上，自欺欺人，我並不比其他人好，像他們一樣是個騙徒。」

　　隨著時間一點一滴過去，短暫的放晴接續而至，然後，夜晚降臨時，艾德嘉，儘管還有點嘲笑自己，卻已要改口高呼：「人生太美好了！」

至於我另一位朋友，剛好相反。才剛下床，就感覺滿是衝勁，他急著要進辦公室，雖然等著他的是一件枯燥的工作，在他眼中，都是朋友、而非同事，縱使街道傳來刺耳的噪音，他也滿意鬧區般的環境。但在昏暗朦朧之際，當白晝光線黯淡、當夜晚降臨，屢試不爽地，他也隨之沉入「低潮」。

　　聽兩位朋友傾訴，我對自己說，若他們能如此由高至低、或由低至高，如同今天界定為「情緒兩極」的躁鬱症患者，是因為他們，兩人都是，都不信任脾氣會游移，那不停在兩極之間、在兩個極端之間航行的脾氣。脾氣，一如海洋，是液體的。

　　游移的脾氣拒絕讓自己固定下來，拒絕佔據一個指定的位置。

　　也許，正是這多變，讓我們感到女性吸引人。她們深鎖的臉龐，下一刻，驟然輕啟。她們看似漠視我們的目光，轉投向我們。她們黑色的眼睛閃爍晶瑩。

　　唯有游移的脾氣能替我們生命帶來波動。石頭，一如死亡，是不具有脾氣、體液的。

La tourmente

折磨

夏勒・維農要等到「累癱了」──這是他的用詞──才上床就寢。他希望，儘可能晚上床，遠遠在午夜之後，他能儘快尋獲睡眠，純真幸福的睡眠，休養生機、撫慰的睡眠，足以抹去憂慮、包紮傷口。

但睡眠卻對他不理不睬。於是，他貼近他妻子的身軀，她，她早已熟睡了一段時間，絲毫不想被吵醒。她掙脫了他。

他等著，一動也不動，眼睛閉著，深沉而規律的呼吸，鬆弛的肌肉。他在不耐中等待，他窺伺著他將墜入夢鄉的時機，但這分不耐、這分警覺的效果，只是延遲萬分期盼的瞬間，只是延長失眠，而來臨的，是一列列不間斷的憂慮，在白晝毫不掛心的憂慮，失眠的惡魔卻賦予它們不容忽視的重要性，彷彿看不見盡頭的行列。

睡眠終究赴約了。此際，夏勒該潛入自身，就如躍進深淵、或跳進羊水，帶他回返生命初始的泉源。至少，這是他「累癱了」的身體的渴盼。但此時，夢卻一個接一個來，綑得他無法動彈。這些並不是可以分作一個個場景的夢，有開始、有結束：那種早晨可以說「我昨晚做了一個怪夢」，很高興在早餐時與妻子分享；或黃昏時仰臥於取代床鋪位置的躺椅上，當作禮物獻給他的分析師。

不，這是一道洪流，有漲潮而無退潮，一道浪潮不斷的洋流，捲帶著游泳者。夏勒想到用來對我描述他感受的字，是**折磨**。他解釋道：「我講的不是那種接近於噩夢的不舒服的夢，那種身為恐怖場面、謀殺、強暴、酷刑的旁觀者或被害人，不是，而是一道持續的洪流，迅速積累的景象煎熬著我。」夏勒喚起的，並非一個游泳者，而是一個行路人，被迫愈走愈快的人：強迫的疾行，沒有休息，不讓他有時間觀看穿越的風景，也不給他去辨認眾多的臉孔，觀察他、刺探他、蜂擁圍住他、不肯放開他的臉孔。「也就是說，早上，非但沒感覺有休息，我起床反而精疲力盡，彷彿我整晚都在暴風雪下，在咆哮的海上，或被地震所撼搖。」

夏勒是個非常有紀律的人，時間控管得分秒不差。他的職業：律師。當他與客戶商談時，最多，他只給他們半小時：「半小時以上，是浪費時間。對他們而言，他們不過是再三地反覆他們的損失，聲明他們的清白，或自怨自艾。對我而言，也是浪費時間：我早已研究過他們的案件，也都一一歸類、編碼建檔。我知道我該怎麼做。」

　　假如，我曾動念要建議夏勒，要他容許自己從工作抽身，想想別的事，例如放任自己隨著某個白日夢去毫無確切目標地散步、漫遊，我也預料到他的回答：「白日夢要做多久？十五分鐘，您覺得可以嗎？」他緊扣住估算好的時間，他悄悄瞄了一眼他的手錶——他緊扣時間，如同他緊扣於辯護辭中他推至第一線的理由。大律師夏勒·維農掌握他的案件，他也掌握語言——同僚們都羨慕他的口才，他還戮力掌握自己。一切都在控管下。

　　然而，夜晚來了，一切都不聽使喚了。辯辭無懈可擊的邏輯脫軌了。看似堅固的搖晃了，分寸節制讓步於放肆無度，那是「折磨」。發狂的海洋，風暴，顫抖的大地，土地崩陷了、

迸裂了、破碎了。而他，被判前進，卻不曉得雙腳會帶他到哪裡。他的手錶停了。他是個迷失、走投無路的小孩，繼續前行，一直走一直走，為了不要崩潰倒地。

我替夏勒操心：假如，停止做為這個過動的男人，這白晝間的永遠失眠者——他夜裡的失眠不過是偶發的——他將崩潰嗎？

當他給自己批准了短暫的假期，第一個問題，當他才一起床，便是問他妻子、問他的孩子：「好，今天，你們的計畫是什麼？」

我懷疑夏勒欠缺溫尼考特所稱的**做夢的能力**，而這也是他煎熬、以及他成功的起源！收入優渥的職業，「完美」的妻子，「可愛」的子女。

若真有那麼一天，夏勒能蛻變成為（俄國小說家岡察洛夫筆下的人物）奧勃洛莫夫！但這，這是我的夢，一個他尤其擔心會實現的夢。我想像他對我說：「您的奧勃洛莫夫，這個懶鬼，這無所事事、永恆的孩童，多可悲的傢伙！我曾替罪無可逭的人辯護，還經常幫他們爭取到開釋。但這傢伙，我會很高興他被定罪判刑。」

「累癱了」，他對我說，癱在夜裡、也癱於清醒。但在夏勒體內，癱瘓、損毀、斷裂的，是他白天與夜晚之間的連繫。那無名的、不認識的人群，那在夜間夢境裡縈繞著他、壓迫著他、幾乎像在追殺他的人群，代表了什麼？是哪項錯誤、哪條罪行，他被冤屈誣告了呢？而他「完美的妻子」、而他「可愛的子女」卻從不有疑於他，而當然，他自己也無從得知，這位受顧客、受同僚敬重，鼎鼎大名的律師。

也許，他最好還是維繫於無知裡。不知曉，能讓他不崩潰、存活下去。要付出的代價：疲憊，廣袤無邊的疲憊，模糊的、沒有可辨認的面孔、更不會輕易洩露其姓名。空洞、淵藪、虛無，在每一個生命的核心，尤其是在慶賀自己成功了的生命裡。

Marées

海潮

　　每年夏天，我的假期都在海邊度過——對我而言，是一種必需——而每天，我都查詢潮汐的時間。淺海、深海、低潮、高潮、漲潮、落潮、大潮汐。光是這些字，就足以讓我做夢了。

　　當海水退去，我看見夏季的遊客，父母與孩子，朝海灘走來；沙灘一尺接一尺地延伸，直到讓遠遠的海幾乎看不見，海天混作一片。他們去尋找貝類，貝殼將成為孩子們收藏的名貴珠寶；他們撿拾泥蚶、蛤蜊，一如採集樹上的果實，他們儲備整桶的淡菜，稍後煮來當晚餐。

　　我對自己說，這些貝類、這些泥蚶、這些蛤蜊、這些成串的淡菜、這些被海鹽侵蝕的木段、這些從漁船掉落的零碎索纜，具體呈現了沉澱在我記憶裡的東西：小小的殘留物——它們對我是何其珍貴！——它們即將被漲潮的海水

所覆蓋，但它們又將重新出現，不論是這幾樣、或其他幾樣東西，當海水再度退去。

退潮、漲潮，這番交替，是我生命的寫照，也許是所有生命的寫照。

我等著浪潮觸及沙灘，迎向前去與它們相遇。我一潛入水中、開始游泳，海洋便包裹著我、承托著我。我不過只是一具思緒被清空的軀體，一個柔軟、活動的身軀，一個重新尋獲的身體。我全然屬於當下。我不再有年紀。

過去，在高中，我們的地理老師向我們解釋說，潮汐現象源自於月球的影響。我幾乎不願相信，我那麼希望海的運動出自於她自身。她是一個人，她是一個神祇。

我們多變的脾氣，也一樣嗎？也臣服於月亮的影響？

我並不排斥成為一個陰晴不定的人，見識退潮提供給我的微渺喜悅，俾以在數小時後，體驗漲潮賜予我的飽滿喜悅。

生命遠去，但它會再回來。

消失的譯者

關於彭大歷斯，我只有一個經驗可說。發生在這幾年我翻譯本書期間。

有個朋友，曾經，他也即將成為彭大歷斯的譯者。但翻譯從未完成，他說。

很長一段時間，他都活在彭大歷斯之中，不是著名的《佛洛伊德之後》，也不是《夢與痛苦之間》，而是幾篇短短的散文。散文是最難的，很多字看起來都很可疑，他說。為此，他遍查了所有字典，但遠遠不夠。還是很可疑。畢竟，彭大歷斯，表面上是個法蘭西學院文學獎得主，但骨子裡，終究是個精神分析師。他，一定隱藏了更多的什麼。就像尋找電影的彩蛋，這位未來的譯者，循著天生偵探的直覺，共找出一十八處疑點。他沒說，這些是斯芬克斯之謎，但他卻四處尋找謎底，尋找解謎人。每當一個伊底帕斯出現，出色地把謎底重新放回譯文當中，不可思

議，你知道嗎，他瞪大雙眼，每次都有語言重新
誕生的感覺。我從未想過那樣去詮釋原文。是詮
釋、不是理解！他特意強調。換個方式重說同一
個句子，竟可以讓斷裂的文本重新銜接。他彷彿
發現了大秘密。

　　但事情的發展遠不止如此。

　　那段沈浸的時光，從未讓他夢見過彭大歷
斯，這是他的夢想，就像許多留學生都期待著作
一個說外語的夢。但竟有那麼一次，在跟個案的
工作中，他脫口而出，書中的一個句子。不，彭
大歷斯從未這麼說過，但這肯定是彭大歷斯的句
子。就像黃明志的《五百》，每個人都認得出，
這歌、這歌詞、這唱腔，肯定是伍佰的。他無意
間竟模仿了彭大歷斯嗎？他不確定。他只記得，
說完那句可能是這輩子最完美的詮釋之後，他
說，他只能一直憋住不笑直到最後。

　　所以你才放棄翻譯？

　　不不，雖然不知道那樣有什麼好笑，但起初
我可開心了。我希望我狀況好時可以再來一句。
你知道嗎，話一出口那瞬間我想通了很多，可疑
的地方從來就不是那些一字多義或文字遊戲。是

音符和停頓。散佈在他散文的每一處，這些該死的旋律。或許就像大家常說的，彭大歷斯聲音很低，那種低沈，吸引你想更靠近他一點，聽清他究竟在說些什麼。但最終，樂音停在了休止符上。接著是一段長時間的沈默。而彭大歷斯從不背叛沈默。

我想不到該說什麼，只好保持沈默。

後來，問題開始出現了，他自己接著說，我發現我感覺不到他書中的一些片段。你看，他這裡為什麼說忠誠？他隨手一翻。我隨口一答。你看，就是這樣，我聽得懂，但我感覺不到，忠誠，這是什麼。這是一種閱讀障礙嗎？或者像沙特所說，每個人在散文裡頭所讀到的，只能是自己的情感。

之後更糟糕的是，相比於對某些片段的沒感覺，我發現，我對其中一篇散文太有感覺了。不，我不會跟你說是哪一篇的。總之，這直接造成了我無法繼續工作。我經常翻到這篇，讀了不下數十遍，是重複嗎？不，不是重複，是重演！重複理應造成知覺疲勞。但沒有。每次閱讀，都像是重新排練同一齣戲，感覺總有些不同。也像是裁縫在修補，雖然我並不確切知道，一次次重

演下來，我修補的是什麼。何以我總像是希望能永遠追尋某些特定片段呢？

啊，不知怎的，我跟您說了這些。希望不至於影響到您與他的翻譯工作。

某次交談過後，這朋友消失了，連帶著他未完成的翻譯。不知過了多久，或許是在本書即將完成的前夕，我作了一個夢，這朋友叼著菸，低聲地好像正說著些什麼，但始終，他的目光一直停留在牆上的一張照片：沙特正進行著一場拳擊比賽......

謝朝唐
2020年10月

彭大歷斯與葛拉蒂娃

近距離見過彭大歷斯（Jean-Bertrand Pontalis）的一次，唯一一次，是在法國精神分析學會（A.P.F.）例行的學術活動中。會議照例在十二號線的聖喬治站地鐵旁舉行，車站出口有著少有的優美的弧形轉彎，出來後是聖喬治小廣場，旁邊則是一棟上世紀初留下的建築物，現在則為歷史研究與學術討論的基金會（Fondation Dosne-Thiers）。他略顯害羞、微笑地接受了榮譽會員的頒布；會議完畢後，大家紛紛離開會場，我則因為遺忘的外套而折回二樓，首先映入眼簾的是秘書女士穿著正式，但裙下高跟鞋在木質地板上迅速地走動，看見我時很自然地問我回來的用意，我則認為看到了不該看的場景而倍感覷覥，此時尚未離開的彭大歷斯則似乎有事要詢問秘書，我自動地向他打招呼：「再見，先生。」他也有禮的回應：「再見。」事後，我因為得以接觸了崇拜

已久的人物，因此慶幸自己由於遺忘的外套的折返（無意識的慾望？據云當時法國精神分析學會內，已經完成訓練的分析師，再度分析時最常找的是拉維（Jean-Claude Lavie），而最常被要求作為督導的則是彭大歷斯）。但是，也因為這不期然地得見而感到懊惱，責備自己不應該只說「再見」，因為「再也沒有見」，腦中出現的語句：「我很仰慕你的分析文章當中的文學涵養」，若真要是說得出來，應該會顯得非常詔媚與不得宜吧！其後，時光荏苒，我漸漸領會到秘書小姐只是因為開會的疲倦已然結束，輕鬆地赤足在古老的建築物中來回走動；而彭大歷斯則是長久沒有參加會議，此刻在旁邊閒聊而已，這場景沒有任何深意呀！然而這兩組印象卻一直停留在我腦中數年，直到日後我有次瞥見嚴森（W. Jensen）的〈行走的女人〉（Gradiva），圖像中的女子赤足在長裙下露出腳踝行走的模樣時，才又突然憶起他們兩人。

隨手翻開彭大歷斯的任一本著作，可以看到對作者簡單的描述：彭大歷斯是法國精神分析學會的會員，是許多文章與陳述、故事的作者，二十五年來他經營《新精神分析期刊》

（N.R.P.），同時在伽里馬出版社（Gallimard）主持兩線專門書系：〈無意識的知識〉、〈其一與另一〉。如此簡單的描述，所涵蓋範圍的遼闊，卻是精神分析師或文學創作者當中，很少有人能望其項背，不但是不同領域的作者，而且是位罕見的編纂者，能將人文科學、文學與精神分析穿針引線、共治一爐。

　　和他共同書寫《佛洛伊德與作家們》的葛梅茲蒙哥（E. Gómez Mango），說他深受沙特、拉岡與梅洛龐蒂的影響，而以後者的影響最深遠，主張身體的經驗與知覺（perception）是任何語言與文字討論的出發與極限。在〈夢作為客體〉一文中，他指出《夢的解析》這本巨作，誠然建立了精神分析的理論，但對於夢的經驗與感受的置啄則顯得貧乏；在〈不，兩次的不〉這篇有名的文獻內，則表明他不是全然同意將治療的反向作用與正向作用黑白分明的區分，預示著他日後不全然同意當代精神分析將負性（negative）做單獨的研究。對這問題，他的態度與溫尼考特的過渡性（transitionality）非常類似，但仍有些不同。彭大歷斯想表明既不是內在也不是外在，既是內在又是外在的看法中，人們仍然僵硬地區分想像與真實的對

135

立，要能說出或者理解愛恨夾雜是容易的，但是要能去經驗到恨也是一種愛則是困難的。

「文學與精神分析一點都不衝突與對立，文學創作者只是比精神分析師對人類情感的瞭解，略微走在前面幾步。」對彭大歷斯而言，文學創作者與精神分析師的身份，既是不同的，又是同樣的身份。在半自傳的《肇始的愛》（*L'amour des commencements*，1986年）當中，他提到與沙特、與拉岡長期共事之後的離開，都是由於他們某種「權力」的過度使用；既不是沙特的權威，也不是拉岡的宰制，那麼是哪種權力呢？對沙特而言，所有的文字不過是行動的替代，政治情勢與社會衝突的張力，就像是敦請沙特書寫劇本的委託者，文字是他的千軍萬馬，傾瀉在尚未征服的厚厚紙頁上，像是小孩創造發明了某些遊戲或者惡作劇，而世界依舊運轉；至於拉岡的情形則不同，文字與象徵的世界充溢在症狀、行為和日常生活當中，一種絕對的存在使得聆聽他的跟隨者在「存在的匱乏」當中，在拉岡的圖示與警語當中得到一些支撐點與憑藉，據說，拉岡晚年沈默不語長久凝視著自己畫出的圖示。換言之彭大歷斯無法同意他們對於文字、現實、

象徵、想像之間的轉化是沒有其他權力可以運作的空間，隱喻（métaphore）的靈活，以及符號學中無法完全以象徵文字道盡的可能，一直是彭大歷斯的堅持，自由地遊走在精神分析與文學之間。

在回憶與探討他與兄長關係的書中，他回憶小時候哥哥對他說：「如果日後你顯赫揚名，在名人字典中留下一筆，我就也會被提到說『他是前者的哥哥』。」（《前者的兄弟》，*Frère du précédent*，2006年Folio版，第15頁）。日後，這位引領他進入文學的哥哥鴉片成癮，變得尖酸孤僻難以親近。然而青春時期，彭大歷斯不知為何，曾熱切想成為形上學家（métaphysicien），晚年時他則認為：「如果我將時間分配在文學與精神分析之間（有所謂的平均分配嗎？），從不捨棄其中之一，也許是迂迴地想體驗青少年時那種雙重現實（double réatlité）的感覺，所有可見的與不可見的牢牢地緊密交織在一起，無論是坐在分析師的椅中，或是面對著諾大的寫字桌前，我可能都是在體驗年輕的形上學家的發現，隱喻的力量是巨大的，拒絕承認現實是道無法穿透的牆，而所謂的漫遊者不過是不久後即將消逝的

過客」（同前，第136頁）。對彭大歷斯而言，文學與精神分析猶如手足，有著比隔代的情結（例如：弒父、依戀母親等），更難以明白言喻的看得見與看不見的糾纏，正面的與負面的相互滲透。

從法國回台灣定居後，嘗試尋找適合施作精神分析的空間。友人在工作室中接待我，在躺椅之後的座椅旁，有個不大不小的方方正正的小櫃，櫃裡是什麼不易得見，倒是櫃子的上方擺滿了海邊常見的圓扁不等的黑色小石頭，橫梗在上的是一只約莫比巴掌稍大的海螺貝殼，友人說是從住在夏威夷的姊姊處拿回來的，聽她這麼解釋時，我腦中浮現了一個景象：分析師一耳聽著被分析的人說著天南地北，另一耳則用這海螺覆蓋著，不是什麼都不聽，而是也許因為氣流飄蕩，也許是受思潮湧現，總之，在聽得到與聽不到的混雜中，人聲浪聲風聲來來往往，潮起潮落。

這篇短文寫成之後的隔日，無所事事時腦中出現了短短的白日夢或是幻想：海岸邊，離我立足處有些距離，有人拋擲封好的玻璃瓶到水中，但沒有絲毫漣漪，我聯想是難道是近日內

隔壁的國家常常派飛機、船隻過來所致嗎？當天夜晚又夢見了，在一群人當中有男有女，面容不甚清楚，有人持著透明的玻璃瓶罐，仔細往內看，瓶罐中有許多紙頁（pages），是文稿！人群之中應該是薰月、朝唐與偉忠吧！他們送來飄洋過海的瓶中書，潮來潮去……

楊明敏

精神分析師

法國巴黎第七大學精神分析與精神病理博士

台灣精神分析學會現任理事長

潮起潮落
Marée basse marée haute

作　　者 | 彭大歷斯（Jean-Bertrand Pontalis）
譯　　者 | 許薰月、謝朝唐、葉偉忠
執行編輯 | 游雅玲
校　　稿 | 葉翠香
版面設計 | 荷米斯廣告設計有限公司
印　　刷 | 侑旅印刷事業股份有限公司

出　　版 | Utopie無境文化事業股份有限公司
地　　址 | 802高雄市苓雅區中正一路120號7樓之1
電　　話 | 07-3987336
E-mail　 | edition.utopie@gmail.com

初　　版 | 2021 年 1 月
I S B N | 978-986-98242-7-9
定　　價 | 320 元

Original title : Marée basse, marée haute by J.-B. Pontalis © 2013,
Gallimard, Paris.
Complex Chinese translation copyright © 2021 by Utopie publishing
company, All Rights Reserved
Printed in Taiwan

國家圖書館出版品預行編目(CIP)資料

潮起潮落：彭大歷斯（Jean-Bertrand Pontalis）著；許薰月,謝朝唐,葉偉忠譯.--初版--
高雄市：無境文化事業股份有限公司,2021.01面； 公分--（（風格）翻譯文學叢書；1）
譯自：Marée basse marée haute　ISBN 978-986-98242-7-9（平裝）　876.6　　109019899